エンジェルヒート

花丸文庫BLACK

西野　花

エンジェルヒート　もくじ

イラスト／鵺《ぬえ》

店内は思ったよりも上品だった。

宗谷七瀬《そうやななせ》は綺麗《きれい》に磨《みが》かれた銀色のトレイを手に、薄暗い照明の店の中をゆっくりと歩いていく。

客とおぼしき男女がビロード張りのソファに悠々《ゆうゆう》と座り、高そうな酒を口にしながら行き交うホステスやギャルソンを眺《なが》めていた。おそらく身元を隠すためなのだろうが、皆《みな》、一様に仮面のようなもので目元を覆っている。これらの客の中には財界の大物や政治家、官僚なども多いと聞いたが、これまで警察の捜査の手が伸びていないところを見ると、警察庁のトップも客筋に交じっているという話は事実なのかもしれない。当局の腐敗《ふはい》を嘆《なげ》きながらも、この店で彼らが醸《かも》し出す異様な雰囲気に、七瀬はどこか不気味なものを感じた。

店内のところどころに、仮面をつけていないスーツ姿の男たちが目に入る。この店を管理している側の人間だろう。そして客たちの好奇の視線を集めているのは、七瀬を含む、給仕をしている若い男女だった。女は腰のあたりまでスリットの入ったロングドレス。そして男は、七瀬と同じ身体にぴったりとした燕尾服《えんびふく》を着せられている。

入り口に小さく掲《かか》げられた店の名前は『ヘヴン』。

そして仮面をつけていない者たちは、皆『エンジェル』と呼ばれていた。

自分たちは、客に『選ばれる』立場なのだ。

やはり、早まっただろうか。

こんなところに来たのは間違いではないかと、一瞬、七瀬の脳裏《のうり》に後悔の文字がよぎる。

だが、叔父《おじ》が提示した成功報酬《ほうしゅう》は、今の七瀬にとってはあまりに魅力的すぎた。自分のことはともかく、心臓を患《わずら》っている母に充分《じゅうぶん》な治療を施してやれる。

とにかく、隙《すき》を見て裏へ潜《もぐ》り込まないと。

エンジェルヒート――天使をも発情させるといわれる媚薬《びやく》。

その秘密を探ることが、七瀬が叔父から請《う》け負《お》った仕事だった。

十年前に亡くなった父の弟が、七瀬と母の住む古いマンションを訪ねてきたのは、二週間ほど前のことだった。

七瀬はため息をつきながら、うなじにかかる髪を無造作《むぞうさ》にかき上げる。キッチンからちらりと居間の方を振り返ると、叔父の六郎《ろくろう》が椅子《いす》にだらしなく座っている姿が目に入った。六郎は品のない色のスーツを着ており、薄い頭髪をごまかすように髪を撫《な》でつけている。

長いこと姿を現さなかったのに、今になってなんの用だろう。

七瀬は不審《ふしん》でいっぱいになりながらも、茶器の載ったトレイを持って六郎の元に戻った。

「どうぞ」

「おう、すまんな！」

六郎はやけに愛想《あいそ》よく七瀬に礼を言った。いわゆるヤクザという裏の世界に身を置く叔父だったが、もちろん昔かたぎの極道《ごくどう》などというものではなく、弱い者を食い物にして生きている種類の人間だった。真面目《まじめ》で不器用だった七瀬の父とは正反対で、二人はそれ故《ゆえ》に反発し合い、七瀬はもう何年もこの叔父の顔を見ていない。父の葬儀《そうぎ》の時以来か。

「しかし、七瀬もずいぶん大きくなったなあ。前に見たのは中学生だったか。今いくつだ？」

「二十四です」

素《そ》っ気《け》なく七瀬が答えると、六郎はにやにやと笑いながら無遠慮《ぶえんりょ》な視線で眺め回してきた。この目つきは好きではない。先日まで勤《つと》めていた、事務所の所長を思い出す。

「えらく別嬪《べっぴん》に育ったもんだ」

「今日は、なんのご用でしょうか」

絶対にろくなことではない。そう思ってはいたが、それならさっさと用件を明らかにしてほしかった。七瀬の態度に六郎はムッとした顔をしたが、それでも気を取り直したように話しだす。

「七瀬は、エンジェルヒートって薬を知ってるか？」

「……エンジェルヒート？」

知らない、と答えようとして、頭の片隅《かたすみ》にひっかかる記憶を呼び起こす。そういえば、いつだったかネットでその名前を見たような気がする。確《たし》か、今若者たちの間で話題になっている媚薬。強烈な効用を持ち、性経験の乏《とぼ》しい者でも使えばたちまち理性が飛ぶと書かれていた。七瀬が見たのは、その薬を過剰《かじょう》摂取して心不全を起こして死んだ女子大生の記事だった。

「……何か、あやしい薬ですよね」

「おお、そうだ。お前も興味あるのか？」

「いえ、別に」

七瀬はそういう類《たぐい》のものにはまったく関心がない。もともと性的には淡白なのだ。だから、そんな危《あぶ》ない薬を使ってまで快楽を求めようという者たちの思考が理解できなかった。

「実はな、その薬……、なんとかうちの組でも扱《あつか》いたいんだよなぁ」

叔父の説明によれば、エンジェルヒートはさほど市場に出回っているわけではない。価格が高いため、若者が気軽に手に入れられるものではないのだそうだ。それがなぜこれほどまで噂《うわさ》になっているかというと、その効用の程《ほど》があまりに激的なため、一種の都市伝説と化しているらしいのだ。

「そんな薬のことで、どうしてうちに来られたんですか」

七瀬はそれが一番の疑問だったが、そう言うと六郎は身を乗り出してきた。反射的に、思わず身体を引いてしまう。

「お前、ひとつ仕事を頼《たの》まれてくれんか」

「変な仕事は遠慮します」

「なに、大したことじゃない。ちょっとある店に行って、データを手に入れてきてくれればいいんだよ」

七瀬はますます訝《いぶか》しく思い、眉《まゆ》を寄せたが、六郎は構わず続けた。

「エンジェルヒートは、ヘヴンとかいうところが出してる。こいつがな。また妙に気取ったところなんだ」

ヘヴンというまるでゲームや漫画などでよく聞くような名称のその組織は、六郎が所属しているいわゆる暴力団とは大きく違っていた。

まず拠点を持たず、特定の事務所などがない。

実態は謎の部分が多いが、大きく知られているのは売春や人身売買だった。しかも客筋がやたら豪華らしい。通常はネットを介して奴隷《どれい》の斡旋《あっせん》などを行っているそうだ。

「そんな組織がどうして野放しにされているんですか」

「決まってるだろう。顧客《こきゃく》の中に、警察関係者がいるんだよ。それもかなり上のクラスのな」

「はあ……」

いきなりそんな裏の世界の話を聞かされて、七瀬は戸惑《とまど》うしかない。性奴隷などという言葉も、創作物の中でしかお目にかかったことのない代物《しろもの》だ。

「だがな。月に何回かヘヴンが表に出てくる時がある。完全会員制の秘密クラブってやつだ」

不定期に開かれる店で、会員たちは目当ての奴隷を直接選ぶことができるらしい。

「そこに奴隷候補として潜入して、店のパソコンからエンジェルヒートに関しての情報を引き出してきてほしいんだよ」

「――な」

啞然とするあまり、七瀬は二の句が継げなかった。

奴隷？　自分が？　冗談じゃない。

「どうして俺がそんなことをしなきゃならないんです」

「お前しか審査に通らなかったからだよ。いやあ、あそこは容姿基準が高い。もしかして七瀬ならと思ったが、やっぱりなあ」

六郎はなんとかその店に潜り込もうと、知り合いの水商売の人間や多重債務《さいむ》を持つ者の中からこれはと思う人間の写真をヘヴンのメールアドレスに送ったが、ことごとく撥《は》ねられた。困《こま》り果てた六郎は、ふと七瀬のことを思い出し、この容姿なら、と送ってみたところ、見事返事が来たらしい。

「勝手に送ったんですか⁉　俺の写真を？　いったいどこから…！」

ほとんど付き合いがなかった六郎が七瀬の写真を持っているとすれば、かなり昔のものしかないはずだ。驚いた七瀬が憤慨《ふんがい》するのも構わず、しゃあしゃあと六郎は言ってのけた。

「最近の写真がなかったからなあ。ちょっと撮らせてもらった」

案《あん》の定《じょう》、盗撮をされていたらしい。

「ついでにちょっと調べたんだが、お前、仕事やめたんだって？」

「……それが何か」

もう口調がぞんざいになるのを止められない。

確かに七瀬は、先月、勤めていた税理士事務所をリストラされた。

手堅い職業として税理士を選んだ七瀬は、大学在学中に資格試験を通り、卒業後は税理士事務所で働きつつファイナンシャルプランナーの資格も取得した。自分としてはただ真面目にやっていきたいだけだったが、社会に出て最初の挫折《ざせつ》というものを、七瀬はここで知ることになった。勤め先の事務所の所長、つまり七瀬の雇《やと》い主《ぬし》が、女性でもない七瀬に性的なアプローチを仕掛けてきたのだ。

自慢でもなんでもないが、七瀬は子供の頃《ころ》からとかく人目を引く容姿をしていた。美形だ美人だと何度も言われていたが、同時に、白皙《はくせき》の頬《ほお》がどこか冷たい印象を与え、近寄りがたいと思われていることも知っている。だが、それがある種の人間にはひどく劣情《れつじょう》を煽《あお》るものらしく、不幸にも七瀬の雇い主はそのある種の人間に当てはまっていた。

最初は酒の誘いから始まり、そこから過剰なスキンシップやプライベートの詮索《せんさく》など、七瀬へのセクハラはだんだんとエスカレートしていった。困り果てた七瀬が、角を立てないように何度やんわりと拒否しても、一向《いっこう》に効果がなかった。自分も所長も男だということで周りにも相談しづらく悩んでいたが、これくらいは我慢しなくてはならないかと自分を納得させていた。だがある日、所長室へ呼ばれた時、あろうことかスーツの上から股間をまさぐられた。

その行為が引き金となり、それまで耐えに耐えていた七瀬はとうとう爆発して、思わず卓上のコーヒーカップの中身を所長の顔にぶちまけてしまったのだ。

今思えばさすがにあれはやりすぎたかと反省している。だが、七瀬の反撃に対して、先方は卑劣《ひれつ》な手を使ってきた。

「君の担当する顧客からクレームが出ていてね。どうもコミュニケーションが取りにくくてやりづらいと言うんだよな」

税務処理も資産運用も、まず相手の話を聞くことから始まる。七瀬はどうしても人に冷たい印象を与えてしまうことが多いため、その点については充分に気をつけていたつもりだった。だが所長は、先方にとっては「つもりでいた」では済まされないと、七瀬の唯一の弱点を鋭《するど》く突く。

要は、コーヒーを被らされスーツを台なしにされ、恥《はじ》をかかされたのでクビにしたいということなのだろう。

そこまでしてこちらを貶《おとし》めたいのだろうか。

所長の矮小《わいしょう》さに、七瀬はその時、心底からうんざりとした。

追い込まれた七瀬は、結局相手の思惑通りに辞職してしまったのだが、悪いことは重なるもので、今度は女手ひとつで七瀬を大学まで出してくれた母親が病に倒れてしまった。

心臓に重い疾患《しっかん》が見つかり、治療費の面で頭を悩ませるも、今はどこも不景気らしく、求職活動もままならない。

近い将来、経済的に逼迫《ひっぱく》するかもしれない、と不安な先行きを抱《かか》えていた時、何年かぶりに叔父が訪れてそんなばかげた話をしてきたのだ。

「だからって、そんな危ない仕事はできません」

「何もただ働きしろなんて言っとらん。義姉《ねえ》さんの治療費、俺が出してやってもいいぞ」

六郎が提示してきた金額は、七瀬からすれば大金だった。

その言葉に、テーブルの上にあった七瀬の指先がぴくりと動く。それを逃《のが》すまいとするように、六郎はさらに畳《たた》みかけてきた。

「そんなに難《むずか》しいことじゃないさ。店が開いてる間、バックヤードは無人になる。その間にこのＩＤとパスワードでデータを落としてきてくれりゃいい」

六郎は内ポケットからメモを取り出すと、テーブルの上に置いた。そこには、アルファベットと数字の羅列《られつ》が書かれてある。

「苦労して調べたんだぜ。情報は揃《そろ》ってる。あとは忍び込む人材だけなんだ」

「……」

七瀬はそのメモをじっと見据え、しばし沈黙した。

「なんなら誓約書《せいやくしょ》を書いてやってもいい。あの薬の情報には、それだけの価値があるからな。俺の出世も約束されるってもんだ」

七瀬の脳裏に母の姿が浮かぶ。家は決して裕福ではない。七瀬を進学させるために、母はかなり無理をして働いていた。身体を壊してしまったのは、自分のせいだといえるかもしれない。

「……本当に、危険なことはないんでしょうね」

「俺も男だ。嘘《うそ》は言わんさ」

六郎はあらかじめ用意してきたらしい誓約書にその場で自分の名前を書き、印鑑《いんかん》まで押してみせた。

「ほれ」

突きつけられたものを受け取り、目を通すと、七瀬がこの仕事を受けた場合に受け取る報酬と、それを確実に叔父が支払うという旨《むね》の文章が記されていた。

もともとが犯罪行為だ。こんな文書が法的になんの効力もないということは、七瀬にもよくわかっている。それでも、まったくの素人《しろうと》の自分相手にこんなことを頼むくらいには、切羽《せっぱ》詰まっているのだろう。

そしてそれは自分も同じだった。

「――――わかりました」

その選択が、自分の人生を大きく変えてしまうことになるなんて、この時の七瀬は気づいてもいなかった。

どこか淫靡《いんび》なざわめきに満たされているホールを最新の注意を払って抜け出し、奥へと続く廊下を忍んで歩く。途中、人に会ったらうまく切り抜けられるだろうかと心配していたが、運がよかったのか誰にも会うことはなかった。突き当たりのドアに「ＰＲＩＶＡＴＥ」と書いてある。早く仕事を済ませたい一心で素早《すばや》くその扉に駆け寄り、耳を押し当てるようにして中の様子を窺《うかが》った。人はいないようだが、もし誰かいても間違った振りをすればどうにかなるだろう。七瀬はそう決心をして、扉をそっと開いた。

中はこぢんまりとした事務所のようだった。だが、驚くほど物が少なく、隅にダンボールがいくつか積み上げられているのと、書類らしきものが挟《はさ》まったファイルが無造作にその上に置かれているだけだった。

七瀬はそのファイルを手に取って中を確かめてみる。だが、それはビルの使用許可証や内装の納品書らしきものばかりで、叔父が喜びそうなものはない。例のあやしい薬の情報は、やはり端末《たんまつ》の中にあるのだ。

七瀬が視線を巡《めぐ》らせると、奥に事務机があり、一台のノートパソコンが置かれていた。近寄ってディスプレイを開き、電源を入れる。立ち上がる時間すらもどかしい思いで、七瀬はディスプレイを見つめた。

やがて認証画面に切り替わり、叔父の言ったようにＩＤとパスワードの入力を指示される。七瀬は暗記したメモの通りに、そこにローマ字と数字を打ち込んだ。

『ＩＤとパスワードが違います』

「――!?」

表示されたメッセージに、鼓動がどくんと跳《は》ね上がる。

七瀬はもう一度、今度は慎重に入力した。何度も確認して、完璧《かんぺき》に暗記したのだ。間違って覚えているなんてことはあり得ない。

だが、画面には何度も、エラーメッセージが無情に表示され続けた。

「……そんな」

「何度やっても無駄だぞ」

途方《とほう》に暮れて呟《つぶや》いた時、外からかけられた声に思わず身体が凍りつく。うまく首を動かせずに視線だけを向けて見ると、部屋の入り口に男が二人立っていた。

一人は背の高い、精悍《せいかん》さを絵に描いたような男だった。がっしりとした逞《たくま》しい体躯《たいく》が、上等なスーツの上からでも見て取れる。肉食の獣《けもの》を思わせるような鋭い瞳《ひとみ》が、野性的に整った顔の中で身震《みぶる》いするような危険な印象を放っていた。

「その端末もダミーだし、ＩＤとパスも偽物《にせもの》なんだよね」

もう一人の男が、その場の空気にそぐわないような軽い口調で言う。やはりスーツを着ていたが、こちらは最初の男とは正反対の容姿をしていた。身長は高いが、すらりとしているといった印象の方が強い。こちらの方が若干《じゃっかん》、年が下のように見えるが、甘いマスクの中のどこか茶目《ちゃめ》っ気《け》を帯びた瞳が、肉食獣のような男よりもかえって無邪気《むじゃき》な酷薄《こくはく》さを感じさせた。

「どうも最近、周りを蝿《はえ》のように飛び回ってる奴《やつ》らがいたんでな。網《あみ》を張らせてもらった」

「まさかこんな可愛《かわい》い子猫が飛び込んでくるとは思ってなかったけどね」

仏頂面《ぶっちょうづら》で言う男に対し、もう一人の男がくすくす笑いながら言う。

七瀬は冷水を浴びせられた感じというのを初めて味わった。全身の血が急速に冷えて、手や足が小刻《こきざ》みに震えだす。

これは罠《わな》だったのだ。先方は一枚も二枚も上手《うわて》で、叔父が嗅《か》ぎ回っていることなどちゃんとわかっていた。その上で偽の情報を摑《つか》ませて、わざと忍び込ませて。通路に人がいなかったのも、七瀬をここに誘い込むためだったのだ。

「さて、どこから頼まれたのかを聞かせてもらおう、と言いたいところだが…。その前に仕置きをくれてやらないとな」

七瀬は自分がこれ以上ないほどの窮地《きゅうち》に追い込まれたことを本能的に悟った。自分はきっと殺される。だが、その前に恐《おそ》ろしい拷問《ごうもん》に遭《あ》うのかもしれない。

反射的に身体が動き、七瀬は脱兎《だっと》のごとく入り口に向かって走りだした。退路はそこしかない。ふいをついて男たちの脇《わき》を駆け抜けるしか道はなかった。

一人目の男はあっさりとかわせた。いける、と七瀬が思った瞬間、足が何かにつまずいてバランスが崩れる。あっと思った時には、七瀬は無様《ぶざま》に廊下に転《ころ》がっていた。思わず振り返ると、年下風の方が軽く片足を上げてにっこりと笑っている。足を引っかけられて転ばせられたのだ。そしてそれがわかっていたかのように、野性的な男の方がこちらに踵《きびす》を返し、ゆっくりと近づいてくる。

「――――っ！」

七瀬は起き上がり、再び駆け出そうとした。だが転んだ時に足を捻《ひね》ってしまったらしく、鈍《にぶ》い痛みが左足に走る。ガクリと膝《ひざ》をついた時、後ろから腕を強く捻り上げられた。

「あうっ！」

「ちょうどいい余興《よきょう》だ。ステージに上げて、裸《はだか》に剥《む》いてやろう。客も喜ぶ」

信じられないようなことを言われて、七瀬は怯《おび》えに染まった瞳を男に向ける。今この男はなんと言った？

「君さ、もしかして、エンジェルヒートのことを調べに来たのかな？」

顎《あご》に手をかけられ、もう一人の方を向かされる。慌《あわ》てて目を逸《そ》らしたが、明るい鳶色《とびいろ》の瞳にはすべて見抜かれてしまったようだ。

え た。

「なんだ。それなら教えてあげるよ。――その身体にね」

そう言って首筋を撫でてくる長い指は、その時の七瀬にはまるで死神《しにがみ》の持つ鎌《かま》ように思えた。


ホールの中には一段高いところがあり、そこがステージだと気づいたのは皮肉にも自分が吊《つる》されてからだった。

燕尾服のまま上から両手を革の手錠《てじょう》で吊され、眩《まぶ》しいほどのスポットライトを当てられている。

自分に突き刺さる好奇と欲情の混ざった視線に目をつぶり、七瀬は唇を固く引き結んで押し黙っていた。

――こんなことになるなんて。

話を持ちかけてきた叔父にも怒りは感じるが、七瀬は自分の迂闊《うかつ》さ軽率さにより腹立たしさを感じている。これまで普通に生きてきた自分が、こんな大それたことができるわけがなかったのだ。目先の利益につられて危険な罠に飛び込んでしまった自分が呪《のろ》わしい。

「景彰《かげあき》様、漣《れん》様、準備ができました」

黒服の男が、カラカラとワゴンを引いてくる。ハッとした七瀬は思わずそちらの方に視線を投げかけた。銀色のワゴンの上には二本の裁《た》ち鋏《ばさみ》と、白いプラスチックケース、それからよくわからないあやしげなものがいくつか置かれていた。刃物の存在に気づいた七瀬は、見なければよかったと顔を背《そむ》ける。あれを使って自分が何をされるか、聞かされていたからだ。

二人はステージに上がる前に、客たちと同じようにそれぞれ仮面をつけていた。客用のものに比べると簡素なものだったが、顔を隠すその様子が七瀬の中の不安を一層かき立てる。

「景彰兄さん」

「ああ」

鋏を渡された方が景彰というらしい。ではこちらの柔和《にゅうわ》な顔を持つ男が漣というのか。

「ずいぶん静かだな？　ここに上げられた奴は、もっと暴《あば》れるか泣き喚《わめ》くかするもんだが」

どうにもならないと思い知らされ、七瀬はもう、半《なか》ば覚悟を決めた。

口元を引き結び、威圧的に立つ男の視線を正面から受け止め、睨《にら》み返す。

嬲《なぶ》りたければ好きに嬲るといい。女のように妊娠するわけでなし、この間だけ羞恥《しゅうち》と不快さに耐えればいいのだ。

景彰はそんな七瀬の態度に気を悪くしたふうでもなく、むしろ楽しげに目元を綻《ほころ》ばせる。

「気に入った。いつ悲鳴を上げるのか、試させてもらおうじゃないか」

景彰が七瀬の左手の袖口《そでぐち》から裁ち鋏を入れる。ジャキッ、と音がして、黒の燕尾服が腕から切り裂かれていった。

「っ！」

続いて右の袖口から漣が鋏を入れる。二人は七瀬が着ているお仕着せの燕尾服を、惜《お》しげもなくただの布切れに変えていった。

「あ」

白いシャツを切り裂かれ、素肌が晒《さら》される。二人は客席に向かって特に説明も解説もしなかった。時折そこから嘲笑《ちょうしょう》のような声が耳に届いて、目を閉じた七瀬はそのたびに唇をきつく噛《か》み締める。こんなことは、おそらくめずらしいことではないのだろう。自分はただ客の楽しみのために供《きょう》されるのだ。

カチャリ、と音がしてベルトを外《はず》される。

思わず目を開けた時、七瀬はそれを手にした漣と視線が合った。彼は七瀬と目を合わせたまま、薄く笑って一気にベルトを引き抜く。

まるで七瀬の羞恥を煽るように、下半身の衣服は上半身よりもゆっくりと切り取られていった。靴と靴下も取り去られ、最後の一枚が床に落ちた瞬間、客席からの囃《はや》し立てるような声が一際《ひときわ》大きくなった。

七瀬は嘆くようにかぶりを振りかけたが、顔を背けた後で唇をきつく噛む。

恐怖と屈辱《くつじょく》と恥ずかしさに震えだす身体を、二人はまるで検分するように、しばらくの間眺め回していた。やがて大きな手で顎を摑まれ、グイ、と上向かせられると、すぐ側《そば》に景彰の鋭く射抜く瞳があった。

「上玉だ。顔も身体も美しい。殺すのは惜しいな」

「……殺す……つもり、なのか」

掠《かす》れた声で七瀬が問うと、後ろからその場にそぐわないのんびりとした声が響《ひび》いた。

「それは君の態度次第かなあ。まあどっちにしろ、この後は嫌《いや》でも素直にならざるを得ないけど」

漣がワゴンの上のプラスチックケースを手に取り、その蓋《ふた》を開けて七瀬に見せた。中に入っているのはなんの変哲《へんてつ》もない透明なジェルだったが、その正体には薄々気づいている。彼らはこれを、自分に使う気なのだ。

「お客様の中で、お手伝いしてくださる方はいらっしゃいませんか」

漣は次にジェルを客席に差し出し、初めて声をかけた。すぐに何人かの声が上がり、一番先に挙手した男がステージに登ってくる。五十過ぎくらいの白髪《しらが》頭の中年の男だった。やはり仮面をつけてはいるが、その下半分の顔にはどこか見覚えがある。もしかしたら著名な人物なのかもしれない。だがそれを考えている余裕は、七瀬には与えられなかった。

景彰が背後に回り、七瀬の両脚を抱え上げて大きく開かせたからだ。

「や、あっ……!」

恥ずかしいところを余すところなく晒される凄《すさ》まじい羞恥に、七瀬は脚をバタつかせて抗《あらが》う。だが後ろの屈強な男はそんな抵抗などまるで意に介さず、楽しそうに耳元で囁《ささや》いてくる。

「おとなしくしてろ。すぐに何も考えられなくなる」

「い、やだっ…! 嫌だ、やめっ…!」

大勢の人間の前で全裸に剝かれ、これ以上はないというところまで両脚を開かせられ、恐ろしい薬を使われようとしている。どうとでもしろと腹を括《くく》ったつもりだが、経験の乏しい七瀬にはこの事態は許容量を超えていた。

「見たところ初物らしいので、最初は入り口を少し慣らしてやってください」

「わかっておる。心配ない」

男は心得たように頷《うなず》くと、漣が手にした容器からジェルをすくい取る。

「可愛い蕾《つぼみ》だな。初々《ういうい》しく窄《すぼ》まっている。ようく揉んでやらんとな」

「や、やっ…!」

ようやく声を上げ始めた七瀬に、この場にいる誰もが楽しんでいるようだった。必死の抵抗も虚《むな》しく、後ろの窄まりにひやりとしたジェルが塗りつけられる。

「────ん、あっ!?」

じん、とした痺《しび》れが足先まで走った。七瀬はヒクリと喉《のど》を震わせ、全身を硬直させる。

「これが、お前が知りたがっていたものだ」

景彰の低い声が、鼓膜《こまく》を舐《な》め上げるように響いた。男の指先がゆるゆるとそこを撫で、ほんの少し指先を潜り込ませると、そこから異様な感覚が湧《わ》き上がってくる。

「エンジェルヒートは粘膜《ねんまく》から吸収する。鼻から吸ったり直接飲んだりしても効くが、一番効果的なのはこうやって性器周辺の粘膜に塗り込むことだ」

「…っあ、ああっ…くっ」

自分の意思ではどうにもならず、七瀬は腰をもじもじと蠢《うごめ》かせていた。男の指がそこで動くたびに、何か未知の感覚が生まれて身体中に広がっていく。景彰は今、薬は粘膜で吸収すると言った。ではこんな入り口ではなく、中にまで塗られてしまったらいったいどうなるのだろう。

七瀬がそんな思いにとらわれた時、男の太い指が新たなジェルを纏《まと》って、ぬるりと侵入してきた。

「ああふうっ!」

その瞬間、七瀬は自分でも信じられない声を上げていた。普段は意識することのない内部がいっせいにざわめき、男の指を喰《く》い締めるように呑み込んでいく。初めてそこに異物を入れられたというのに、痛みも不快感すらも覚えなかった。

そこにあるのは凶暴なほどの快感。天使をも発情させるという媚薬は、とても七瀬が太《た》刀打《ちう》ちできるような代物ではなかった。

「――そのくらいでいいでしょう。ありがとうございます」

「なんだ、もういいのか」

「これ以上は気が狂《くる》ってしまう可能性がありますから」

物騒《ぶっそう》な言葉で促《うなが》す漣に、男はにやにやと笑いながら七瀬の中から指を引き抜く。

最後に少し指を曲げるようにして内壁を刺激され、すでにうっすらと汗を浮かべた身体がびくびくと跳ねた。

「あ、はっ……!」

男が席に戻ると、上げられていた脚が下ろされる。だが膝にうまく力が入らず、ガクリと身体が崩れてしまいそうになった。吊られている腕が引っ張られ、肩に鈍い痛みが走る。

「どうした。しゃんと立てよ」

景彰が低く笑いながら、七瀬の尻をぴしゃりと叩《たた》いてきた。それは甘い感覚となって、腰の奥を痺れさせ、七瀬に濡《ぬ》れた悲鳴を上げさせる。

「気分はどうかな？」

漣に軽く頬を撫でられるだけで、肌に震えるほどの疼《うず》きが走った。いったい自分の身体はどうしてしまったんだろう。

「これがエンジェルヒートだよ。嬉《うれ》しいだろう？　自分の身体で確かめることができて」

「あ、熱…い…っ、あっ、あっ！　も、ああっ…！」

じりじりと炙《あぶ》られているような焦燥感《しょうそうかん》が七瀬を苦しめる。肌の感覚が発熱したときのように過敏になり、媚薬を直接塗られた内部は心臓の鼓動と連動してズクン、ズクンと疼いていた。

その時、景彰の指先が後ろから七瀬の乳首に触れる。

「ひゃ、あぁぁあっ!!」

電気を流されたような感覚が胸から腰に走り抜け、七瀬は次の瞬間、射精してしまっていた。

「あ…あっ…！」

客席から笑いを含んだざわめきが起こる。七瀬は自分の身体がどうなったのか一瞬理解できなかった。だが、内股を伝うのは間違いなく自分が出したもので、その感触にすら感じてしまいそうになっている。

「いきなり乳首でイッたか。素質あるかもな」

景彰のからかうような声に、七瀬は混乱した。肉体が自分のものではないみたいだ。一度極めたことが呼び水となり、もっともっと刺激を欲しがっている。

「ああっ、なんでっ…！」

「薬が切れるまで、もうお前の身体は止まらない。たっぷり弄《いじ》ってから、俺たちで犯してやるよ。嬉しいだろう？」

両の乳首に、再び指先が触れてくる。軽く摘《つま》まれてこりこりと愛撫されるたびに、たまらない快感が突き上げてきた。七瀬は纏わりつく熱をなんとか逃がそうとして、腰を前後にくねらせる。

「く、ふう…っ、ふ、ふぁぁあ…っ！」

景彰が胸の突起を責めている間、漣は七瀬の脇腹や下腹に手を這《は》わせていた。ピリピリと過敏になっている肌はそれだけでも激《はげ》しく反応し、股間のものも再び勃ち上がって先端を潤《うる》ませている。

「ひ、ぁあ…っ！　あ、は…っ！」

「可愛い顔で喘《あえ》ぐね」

漣は七瀬の顎を掴むと、そのまま唇を重ねてくる。口内に侵入してきた舌は粘膜を巧《たく》みに刺激して七瀬に甘い声を上げさせた。

「んっ、んっんっ…！」

自分から顔を傾《かたむ》け、漣の舌を吸う。七瀬は自分が何をしているのかわからなくなりつつあった。火のような興奮が思考を薄れさせ、蕩《とろ》けさせてゆく。

「いい子だ。もっと舌を出してごらん」

「はあ、あっ……！」

互《たが》いに舌先を突き出し、淫《みだ》らに絡《から》ませ合う。ぴちゃぴちゃと唾液《だえき》と粘膜の立てる音がいやらしい。

だが七瀬が濃厚なキスに夢中になっている途中で、背後の景彰が片方の手を下ろし、それまで触れられていなかった股間の性器をやんわりと握《にぎ》り込んできた。

「ふあっ……！」

ビクンッ、と全身がわななく。

七瀬のそれは大きな掌《てのひら》に包まれ、根元からゆっくりと扱《しご》かれて、そこから凄まじい快感がものすごい勢いで広がっていった。

「あ、あくぅうっ！　あっ！　あーっ！」

キスから逃れて目いっぱい仰《の》け反《ぞ》り、裸の背をぶるぶると震わせる。景彰の五本の指は七瀬の感じるところを的確に見つけ出し、絶妙な刺激を与えて狂わせた。媚薬で限界近くまで高められた身体がそんなことに耐えられるわけもなく、七瀬はあっという間に二度目の精を吐き出す。

「んっ、あぁ――――……っ！」

焼けつくような絶頂感に、七瀬は喘ぎながら涙を零《こぼ》す。そんな姿もすべて客に見られているのだろうが、もうどうでもよかった。

「あ…あぁ、止まら、なっ…!」

身体の疼きはそれでも治《おさ》まらない。いったいどれだけの快感を受ければ、この感覚がなくなるのだろうと、七瀬は恐怖さえ感じた。

景彰は七瀬の精を受けた掌を下腹に擦《こす》りつけている。それから、客に見せるためだろう、正面ではなく斜《なな》め横に位置している漣に、何か指示を飛ばした。

「漣、あれを使え。エンジェルヒートを使っているにしても、敏感すぎる」

「了解」

漣はワゴンから取り上げたものを、七瀬の目の前に見せつけるようにちらつかせる。それは猫の首輪ほどの、黒い革でできた細いベルトのようなものだった。

「――――…?」

すでに朦朧《もうろう》とした意識の中で、七瀬がそれの正体を測《はか》りかねていると、漣はいきなりそれを七瀬の性器に巻きつけてきた。

「な、あっ…!?」

「しばらく出すのは我慢してもらうよ」

黒革のベルトでそそり立つものの根元を締め上げられ、七瀬は苦痛と愉悦《ゆえつ》の混ざった悲鳴を上げる。そこをそんなもので縛《しば》られて痛くないわけがないのに、媚薬に侵《おか》された肉体は責め苦さえも快楽に変えてしまうようだった。

「どう…して、こんなっ…！」

だがそれは別の苦しみを七瀬にもたらしてくるだろう。これではどんなに感じても射精できず、極めることはできない。

「その方がお前の仕置きになるし、客を楽しませることができるからな」

「……っ！」

締め上げられた性器はあっという間に充血し、苦しそうに震えている。その甘い疼痛《とうつう》に啜《すす》り泣きながら耐えていると、ふいに景彰の指が背中を伝い、後ろに触れてきた。

「あ、や、あっ…！」

長い指が入り口をマッサージするように揉み込んでくると、全身がぞくぞくと粟立《あわだ》つ。七瀬はこれまで自分をずっと苦しめてきた焦燥感の正体をやっと理解した。自分はここに、この場所に何かを入れられ、思うさまかき回されたいのだ。

「ひ――――！」

もうすっかり柔《やわ》らかくなっている場所に、ぐちゅ、と指が潜り込んでくる。その瞬間ガクン、と身体が揺《ゆ》れ、腰骨が熔《と》けるのではないかと思うほどの感覚が七瀬に襲《おそ》いかかった。

「くう、あっ、ああっ！　あ、ひぃ…っ！」

男の指は中の具合を確かめるように蠢き、濡れた内壁を撫で上げ、くすぐってくる。

「気持ちいいか？」

「あう、あぅっ！　そ、そん…なに、動かさない…でっ！」

指を二本に増やされ、中でバラバラに動かされる。ぐちゅぐちゅと卑猥《ひわい》な音を立てて男の指を呑《の》み込み、七瀬はあられもない声を上げた。

気持ちいい。熱くてたまらないそこをかき回されて、気が狂いそうだ。

「は、ひっ…ぃ」

「すごいな……。お前、初めてなんだろう？」

何がすごいのか七瀬にはよくわからなかったが、どうせろくでもない意味なのだろう。

後ろへの刺激に七瀬は半ば我《われ》を忘れ、景彰が指を動かすたびに腰を振り、声を上げ、啜り泣いた。だが、もうとっくにイキそうなほどの快感なのに、根元をきつく縛られているせいで吐き出すことができない。身体の中で熱が暴れ回って、今にも破裂しそうだった。

「ひ、いぁっ…あ、も、だめっ…！」

「だめだめ。まだ我慢して」

七瀬の乳首を弄《もてあそ》びながらその様子を見ていた漣が、涙を零す閉じた目元に口づけながら囁く。

「これから、もっとキツくなるんだからさ」

え――？　と目を開けた七瀬の滲《にじ》んだ視界に、漣が手に取ったものがちらりと見えた。スイッチが入ったらしく、低い唸《うな》り声《ごえ》がそれから聞こえる。

「や、やっ…だ、それは、嫌だぁっ…！」

　さらなる刺激を与えられるのだと知って、七瀬は激しくかぶりを振った。もう体裁《ていさい》を取り繕《つくろ》う余裕もない。

　閉じかけた内腿《うちもも》をぐい、と開かれ、それが苦しそうに屹立《きつりつ》したものに当てられた。

「く、はぁっ――――！」

　性器にローターを当てられて、凄まじい快感が腰から脳天にまで響く。反り返った背中が不規則に痙攣《けいれん》して、手錠から繋《つな》がれた鎖《くさり》がガチャガチャと音を立てた。

「あああっ！　ひぃ――――っ！」

　こんな快感には耐えられない。

　だが漣は残酷《ざんこく》な手つきで、極めることのできないそれを苛《さいな》む。激しく振動するローターで根元から先端を何度も往復して七瀬を泣かせた後、透明な蜜をとろとろ流し続ける小さな孔《あな》を執拗《しつよう》に撫で回した。

「あぁあっふあああっ！　ああ、あ、あたま、熔けるっ…！」

「こうすると中まで振動が届いて、イイだろ」

　漣がローターを蜜口に押しつけるたび、淫らな振動が尿道の中にまで響いてくる。そんな快楽は知らなくて、七瀬は熱に浮かされたようにがくがくと首を振った。もう自分がどんな状況に置かれているのかすら忘れていた。

「こ、これ取ってっ…！　出させて…えっ」

「君がここに忍び込んだことを心から反省したらね」

手管《てくだ》に長《た》けた男に二人がかりで責められ、七瀬は前からも後ろからも愛液を垂《た》れ流し、内股に幾筋《いくすじ》もの線を滴《したた》らせている。絶頂を封じられた状態で与えられる快楽は、もうどうがんばっても抗えるものではなかった。最後の理性が、熱湯に入れられた砂糖のように溶け崩れる。

「ご…めんなさい、ごめんなさいっ…！」

普段は取り澄ましているといわれる端正な顔を涙と汗で濡らし、七瀬はプライドをなげうって懇願《こんがん》した。

「反省してますっ…！　だからっ…！」

この縛《いまし》めを解いて、思い切り出させてほしい。

「なら、奴隷になると言え」

「ひあっ」

景彰が七瀬の耳に舌先を差し入れながら命令してくる。敏感な耳の中を濡れた舌で嬲られ、背筋がぞくぞくと震えた。

奴隷というのは、きっとセックス漬けの毎日を送らされるということなのだろう。身体

に淫らな快感を叩き込まれ、あらゆる性戯を仕込まれて、男の欲望のままに扱われる。

――――もしそんなものになってしまったら、もう二度と普通の人生は送れない。

その思いがほんの少し七瀬の頭を冷やし、ふるふるとかぶりを振った。だがその瞬間、漣がローターで七瀬の蜜口をぐりぐりと抉ってくる。後ろに挿入されている景彰の指も、最《もっと》も敏感な場所を狙《ねら》って突いてきた。

「んんあぁっ!!」

溶岩のような快感が七瀬の身を焼く。限界を超える感覚にぶるぶると全身が震えるが、達することは叶《かな》わない、まさしく快楽の地獄だった。

「だ、あ…めぇっ」

呂律《ろれつ》の回らなくなった唇の端から、唾液が零れる。

駄目だ。もうこれ以上、抵抗できない――――。

この後のことなどどうでもいい。思いっ切り極められるのなら、なんでも言うことを聞く。

「なるっ！　なるからっ…！　どうにか、してぇっ…！」

想像を絶する快楽に屈服《くっぷく》した七瀬は、とうとうその言葉を口にした。無意識に腰を前後に振り、早く早くとうわ言のように呟く。

するとステージの両端から男が一人ずつ近寄ってきて、七瀬の脚を両側から抱え上げた。

「あっ…ああっ⁉」

ずるり、と指が引き抜かれて、物欲しげにヒクつくそこが衆人の目に晒される。なのに今の七瀬には、恥ずかしささえも快楽にしかならなかった。

「もうひとつ、お前に教えてやる」

後ろで景彰が前を寛《くつろ》げながら、七瀬に囁いた。

「エンジェルヒートは吸収がいい。いくら媚薬で奴隷を感じさせても、直接粘膜に塗り込んだ場合、避妊具《ひにんぐ》なしでは挿入できないからな。……つまり」

肉付きの薄い腰を両手で抱えられ、熱い凶器の先端を窄まりに押し当てられて、七瀬はひっ、と喉をひくつかせた。

「ある程度時間が経《た》てば、生で入れてもこちらに影響はないというわけだ」

そこにぐぐっ、と圧力を感じた次の瞬間、自分の重みによって景彰の男根がずぶずぶと入ってくる。

「い、ぃ――――や、ぁ…っ！」

蠕動《ぜんどう》する肉壁が、これまで受け入れたことのない大きさのものに、いっせいに絡みついていった。それによって伝わってくる快楽の凄まじさに、七瀬は怯え、足の爪先《つまさき》までをも震わせる。

「こん――――なっ、嘘っ…！　あっ、あっ…！」

慣れない行為による苦痛は、エンジェルヒートの催淫《さいいん》作用によって、微塵《みじん》も感じられなかった。代わりに腰が蕩けるのではないかと思うほどの快感が七瀬の内壁を舐め上げ、初めてだというのに勝手に景彰のものを締め上げ、嬉しそうにしゃぶっていく。

景彰は自分のものを七瀬の中に慎重に収めた後、感じ入ったように長いため息をついた。

「いいな、お前――」

その声を聞いた時、七瀬は沸騰《ふっとう》する意識の中でふと嬉しさにも似た感情を覚えた。男が自分の身体で快楽を覚えている。こんな異常な状況だというのに、それだけで心までもが悦《よろこ》びを感じていた。

こんなこと、絶対嫌なはずなのに、どうして。

けれどそれを考えている余裕も七瀬には与えられなかった。景彰が、自分の凶器で七瀬の中を嬲るように突き上げ始めたからだ。

「あああっ、んあっ、ふああっ！」

擦られる粘膜が全部、どうしようもなく気持ちいい。男の太いものを突き入れられるたびに、濡れた内壁がびくびくと痙攣して、甘苦しい疼きに苛まれる。

そんな七瀬の様子を、漣は興味深げに見物していたが、やがてふいに、七瀬の拘束《こうそく》されてきつく張りつめたものにそうっと指先を這わせてきた。さっきまで使っていたローターは性器の裏側に括りつけられ、耐えがたい振動を送り込んできている。

「くうっ、あんんんっ！　い、ひっ、いぃっ…！」

　口の端から唾液を零しながら、七瀬はがくがくと腰を振り立てた。前から照らし出すスポットライトの熱さえも肌を意地悪くくすぐってくる。

「身体中ピンク色にして、そんなエロい顔で喘いで。君みたいないやらしい子は見たことがないよ」

　それは薬のせいだ、と反論したくても、七瀬の口から漏れるのは漣の言う通りの卑猥なよがり声だけだった。

「そ…な、あっ、ちが、はううっ！」

　なんとか言葉にしようとしても、最後には喘ぎに紛《まぎ》れてしまう。下から景彰に犯され、前は漣にいたずらに弄ばれて、七瀬は観客の目に最も恥ずかしい痴態《ちたい》を晒していた。

「ああうっ…！　ひっ…！　い、いあ…あっ！」

　もう何度も絶頂に達しているほどの快感なのに、根元を縛られた脚の間のものは痛々しくそそり立っている。先端からとくとくと溢《あふ》れる蜜は自身を伝い、後ろの方までも濡らしていた。

「漣、そろそろ限界だ。出させてやれ。本当におかしくなったら困る」

「えー、ずいぶん優《やさ》しいんじゃないの」

「そうじゃない。こいつにはいろいろ聞かなきゃいけないこともあるだろうが」

景彰に促され、軽く肩を竦《すく》めた漣は、七瀬のものを締め上げている拘束具をゆっくりと解き始める。これで解放してもらえる、この熱を吐き出すことができると、七瀬は甘えるような声すら上げて腰を揺らした。

「出させてあげるけど、この状態でイッたら相当すごいよ。覚悟するんだね」

「ああ…んっ！　は、はやっ…！」

ベルトを外してもなお根元を押さえつけている漣の指がもどかしく、七瀬は彼の言葉の意味などまるで理解できずに懇願する。そして指の力が緩《ゆる》んでくると、それまで、半ば忘れかけていた熱い感覚がカアッとその部分に込み上げてくる。

「――――ア！」

ビクン、と全身が震えた。

せり上げてきた巨大な波は、あっという間に七瀬を呑み込む。想像を絶する快感が腰から全身に走り抜けて、あられもない悲鳴が漏れるのを止められない。

「う…あ、あっ！　あーっ！　はあ、ああんんっ！」

抑《おさ》えに抑えられた精が勢いよく弾《はじ》け、ステージの床を汚《よご》す。

「く…っ！」

背後で景彰が息を詰める声が聞こえた。どこか焦《あせ》っているようにも感じられる。

絶頂は一度では収まらなかった。媚薬で狂った身体は何度も頂点を目指《めざ》し、景彰が入り口から奥へと突き入れるたびにイキそうになる。

「ああふうっ！　だ…だめ、や、も、もうっ…！　また、イっ…！」

七瀬は自分の身体が恐ろしかった。こんなに立て続けに極めたことなど一度もない。

だが箍《たが》の外れた肉体は、いくつもの視線に犯されながら暴走していく。

「あ、あ…あっ！　すごい、すごっ…！」

「すごいだろ？　一度イッたら簡単には止まらないよ」

漣の手は、七瀬の射精をさらに促すように下からゆっくりと扱き上げている。余韻《よいん》が収められずに刺激され続けるのは、感じすぎてキツかった。

「あ、あふ、ああっ！　ひぃっ…いいーっ！」

何度目かに極めて、背を反らしながら思い切り景彰を締め上げると、彼の動きが急に速くなり、抉《えぐ》るように中を擦られる。

「……っ！」

後ろから押し殺したようなうめきが漏れ、それと同時に熱いものが内壁に叩きつけられた。

「く、ひぃ…っ！　あ、熱っ…！」

その感触に七瀬はまた達してしまい、ぶるぶると腰を震わせる。目の前がくらくらとして、もう自分の身体がどうなっているのかもよくわからなかった。

「……油断したな。持っていかれた」

奥深くに沈められたものが、ゆっくりと引き抜かれていく。何度も極めたはずなのに、七瀬はそれを抜かれるのが切なかった。もっと突き上げられて、気持ちのいいところを擦られたい。

「めずらしいね。……なら、期待しようかな」

漣は酷薄そうな薄い笑みを浮かべると、七瀬の後ろへと回った。そして今度は景彰が前に回り、ローターの刺激と媚薬によっていまだ萎《な》えない七瀬のものを握り込む。

「お前のことが気に入った」

顎を捉《とら》え、唾液の跡を舌先でなぞりながら景彰が囁く。そのまま口を塞《ふさ》がれて、熱い舌で舌を搦《から》め捕《と》られるだけでイキそうになった。

「んっ…ふぅうっ…！」

淫らなキスに気を取られていると、さっきと同じように後ろに男のものが宛《あて》がわれる。今度は漣が入ってくるのだろう。すっかり綻んだ後孔は、こじ開けて侵入してくるものをやすやすと受け入れた。

「ん、んんぅうっ…！」

挿入の快感に漏れる悲鳴も、景彰の口づけに吸い取られる。中で漣がゆっくりと動きだすと、搦め捕られている舌が、腰と一緒にびくびくと痙攣した。

「ああ…、すごいな。狭《せま》くて、吸いついてくる」

兄さんが持っていかれるのも無理ないな、と呟いて、漣は七瀬の敏感な部分を探るように突いてくる。同時に景彰の指に乳首を転がされて、七瀬の肉体は再び火柱《ひばしら》と化した。

「あっ、あっ！　ふう、んっ、くぅうんっ！」

「気持ちいいか」

「は、は…いっ」

もう片方の胸の突起も舌先で舐め上げられ、七瀬は快楽に従順に屈《くっ》した。身体中の性感帯を一度に刺激されるのがたまらない。

「きもち…いいっ、ああ…んんっ！」

その時、まるで素直になったご褒美《ほうび》だとでもいうように、中の一番脆《もろ》い部分を男根の先端でぐりぐりと刺激される。

「くひ…ぃっ！」

全身に電流が走り、七瀬ははしたなく腰を振り立てながら精を弾けさせた。これもエンジェルヒートの作用なのか、絶頂は長く七瀬を苛む。

「…っ、ちょっと、すごいな…っ」

後ろで漣の焦ったような声が聞こえたが、七瀬の白く染まった思考では、何がすごいのか理解できなかった。もう自分がイッているのか、そうでないのかもよくわからない。ただ突き上げてくる感覚にひいひいと泣き、よがり、身体を痙攣させるだけ。

「――俺たちが手ずから調教してやる」

限界を超え、霞《かす》み始めた意識の中に景彰の声がぼんやりと響く。

「極限までいやらしい身体に仕立て上げて、男なしではいられないようにしてやるよ」

ああ、捕《つか》まったのだ、と七瀬は感じた。

甘い餌《えさ》につられて、のこのことこんな場所までやってきた自分がばかだった。

後はこの男たちに、骨まで食い尽《つ》くされるだけ――。

そう思った時、七瀬の視界は完全に暗転した。

次に七瀬が目を覚ました時、そこは見知らぬ部屋だった。チェストとテーブルと椅子といった最低限の家具と、白い壁紙がどこか寒々しい印象を醸し出している。

七瀬が寝かされているのは広いベッドで、素肌にガウンを着せられているようだった。

――――ここは？

「……っ」

身体を起こそうとすると、あちこちの筋肉やら節々《ふしぶし》やらが悲鳴を上げる。その鮮烈な感覚に、七瀬はこれまでの記憶を一気に思い出した。

「あ……」

自分が味わわされたあまりに恥ずかしい、屈辱的な行為がまざまざと脳裏に甦《よみがえ》り、七瀬はベッドの上で頭を抱える。

自分は衆人環視《かんし》の中で、はしたない姿を晒して男二人に犯された。あろうことか、強力な媚薬のせいで自《みずか》ら腰を振っていやらしい言葉まで垂れ流して。

「……最、悪だ」

今はどうやら媚薬の効果は切れているらしい。冴え冴えとした意識の中で、自分がどんな狂態《きょうたい》を繰《く》り広げたのか、はっきりと思い出すことができる。さすがに最後の方は記憶がないが、おそらくあのまま、陵辱《りょうじょく》の中で気を失ったのだろう。

七瀬は泣きたい思いでベッドの上に拳《こぶし》を叩きつけた。どうしてこんなことになってしまったのだろう。自分の迂闊さが、心底腹立たしい。

ひとしきり自己嫌悪《けんお》に苛まれると、もう自分に対する悪態《あくたい》も尽きて、七瀬はゆっくりと顔を上げた。

今、自分がどんな状況に置かれているのかわからないが、とにかくこの部屋を出てみないことには始まらない。もちろん鍵《かぎ》がかけられている可能性もあるが、それもドアまで行かなければわからない。

七瀬は上掛けを剥《は》がし、ベッドから降りようとして床に足をついた。

「——え」

立とうとした瞬間、膝からかくりと力が抜ける。七瀬はそのまま崩れるように床に倒れ込んでしまった。

「な……」

腰が抜けている。その異常事態に、今更《いまさら》だが顔から火が出る思いだった。

なんとか体勢を立て直そうともがいていると、入り口の扉の取っ手がガチャリ、と動く。

「——」

七瀬はハッとして身体を強張《こわば》らせた。

食い入るように見つめるドアが開いて、一人の男が姿を現す。

「目が覚めたのか」

それは昨夜《ゆうべ》の、七瀬を犯した男のうちの一人、景彰と呼ばれていた方だ。どこか肉食獣めいた、精悍な顔と身体を持つ男。今はスーツではなく、ややラフな服装をしている。

「……ここはどこだ」

「俺たちの部屋だよ」

七瀬は弱みを見せまいと、気丈に景彰を睨んでいたが、相変わらず床の上にへたり込んだままだった。それを見た景彰はフッと口元を緩めると、こちらにつかつかと歩み寄ってきた。背中を抱かれ、両膝の下に手を入れられて、七瀬の身体に昨夜の記憶が甦る。

「――触るな！」

「腰が抜けてるくせに強がるな」

軽々と抱き上げられ、ベッドに戻されて、思わず唇を噛む。身体の状態を見抜かれているのが無性《むしょう》に悔《くや》しかった。

「エンジェルヒートのおかげで昨夜は痛みを感じなかったろうが、慣れてなければ身体に相当無理がかかったはずだ。もうしばらくはおとなしく寝てろ」

男の物言いはぶっきらぼうだが、乱暴なものではなかった。そのことに七瀬は戸惑ったが、すぐに思い直す。これが彼らのやり方なのだ。ひどい行為をした後は、急に態度を変えて丁寧に扱う。すると獲物は、その優しさの方が本物だと勘違《かんちが》いしてしまうのだ。

「腹が減ったろ。今何か持ってきてやる」

どうやらあれから一夜明けて、今は昼過ぎらしい。自分はこんな時間までのんきに伸びていたというわけだ。

景彰は一度部屋から出ていったが、五分とせずに戻ってきた。手には食事の載ったトレイを持っている。

「食べろ」

トレイの上では鶏肉《とりにく》と野菜の入ったリゾットが湯気を立てていた。隣の小鉢には南瓜《かぼちゃ》の煮物と、果物が剝かれた皿まで置いてある。

「味はまずくないと思うぞ。料理が趣味なんでな」

景彰は七瀬が食べるのを確認するためか、ベッドの側に椅子を引いて座った。

とても食欲などない。そう思ったが、仕方なくトレイを受け取るとリゾットのうまそうな匂《にお》いが空腹を呼び覚ます。それでもなんとなく口をつけるのに抵抗を感じていると、景彰がからかうように言った。

「なんなら食わせてやろうか？」

「い――――、いい」

慌ててスプーンを取り、リゾットを口に運ぶ。野菜にもきちんと下味がついており、そのへんのレストランと比較しても遜色《そんしょく》ないくらいのレベルの味だった。つくづく、人は見かけによらないものだな——と、七瀬はちらりと彼を見やる。

「なんだ。意外か？」

自覚があるのか、彼は七瀬の胸中を読んだように小さく笑った。七瀬は見透《みす》かされていることにムッとしながら、硬い声で返事をする。

「別に。俺だって食事くらい作る」

「どうだか。甘やかされて育ったんじゃないのか？」

「そんなわけない。母親がずっと働いてたから、一通りのことはできる」

売り言葉に買い言葉でうっかりそんなことを口にしてしまった。

「父親は？　離婚か？」

「……中学の時に、死んだ」

一瞬口を噤《つぐ》みかけたが、これくらいは構わないと判断して、七瀬は景彰の問いに答えた。そして質問に答えるのはもうこれで終わりだという意思表示に、スプーンを乱暴に口に突っ込む。

「うまいか？」

七瀬は何も言わずに、こくりと頷くだけで答える。それでも彼は満足げな笑みを浮かべて食事をとる七瀬を見つめていた。

今、目の前にいる男は、昨夜無体を働いた男とはまるで違う。そんなふうに穏《おだ》やかに見つめられると妙に調子が狂ってしまい、つい警戒するのを忘れそうになる。

トレイの上のものをすべて片づけてしまった後、七瀬は景彰から水を受け取った。同時に白い錠剤を渡されて、思わず眉をひそめる。

「心配するな。それは普通の疲労回復剤だ」

「でも……」

それでも飲むのをためらっていると、景彰はそのタブレットを自分の口に放り込んだ。それから七瀬が手にしているコップの水を口に含むと、ふいに顔を寄せてくる。

「んっ、――――っ」

そのまま唇を塞がれた。強引に開かせられた口の中に、薬と水が流れ込んでくる。頭の後ろをしっかりと固定されて、どうしようもなくなった七瀬は、こくこくと喉を動かし、それらを嚥下《えんか》した。

景彰はそれからも少しの間、七瀬の口腔《こうこう》を味わうように舌を這わせてくる。もう媚薬は効いていないはずなのに、そんなふうにまさぐられると頭の芯がぼうっとした。

「……あ」

唐突《とうとつ》に唇が離され、ハッとして目を開ける。息がわずかに弾んでいるのを自覚して、恥ずかしさに顔が熱くなった。

「漣が戻るまで、ゆっくり休め」

漣というのは、昨夜七瀬を犯したもう一人の方だ。彼が戻ってくる時、自分の処遇《しょぐう》も決まってしまうのだろうか。

「……俺はどうなるんだ」

記憶が正しければ、彼ら自らが調教すると言っていた。

またあんな恥辱《ちじょく》を味わわなければならないのだろうか。そしていずれは、誰ともわからない男の相手をさせられるというのか。

景彰は何も答えなかった。七瀬の唇をもう一度だけ啄《ついば》むと、ベッドに寝かしつけ、静かに部屋から出ていく。

与えられたわずかな安息の中でも、七瀬は不安を拭《ぬぐ》いきれない。それでも身体はやはり疲労していたのか、目を閉じると急速に睡魔が訪れた。

今は何も考えたくない。

七瀬は毛布の中に潜り込むと、押し寄せてきた眠りに逃げ込むように、その身を委《ゆだ》ねた。

人の気配がしたような気がして、七瀬はふと目を開けた。

カーテンの向こうの外はすっかり暗くなっていて、時間がだいぶ経過したことを知らせている。身体の鈍痛もずいぶん軽くなった。やはり睡眠と食事が回復を早めたらしい。それと、彼がくれた薬も。

隣の部屋から微《かす》かな話し声が聞こえてくる。漣が戻ってきたのだろうか。

昨夜のことを思い出し、七瀬が思わず身を強張らせると、部屋のドアが唐突に開いて二人が入ってきた。明かりをつけられ、その眩しさに顔をしかめる。

「ああ、起きてたんだ」

昨夜の行為からもわかったことだが、この二人のうち、七瀬が特に怖いと思うのはこの漣の方だった。一見して優しげな、茶目っ気のある風貌《ふうぼう》や言葉遣《づか》いをしているのに、その仕草の端々にどこか子供めいた残酷さが感じられる。

昨夜よりも少しカジュアルな観のあるスーツに、今は黒ぶちの眼鏡《めがね》をしている漣は、ネクタイを緩めながら七瀬に近づいてきた。

「――――！」

頬や額《ひたい》に手を当てられ、ビクッ、と身体が震える。

「熱発なし。足の方は？」

上掛けをめくられ、露《あら》わになった足首に白い包帯が巻かれている。それを見た時に、七瀬は自分が昨夜転んで捻挫《ねんざ》したことを思い出した。最初に起きた時はすぐに腰が抜けてしまったので、足首に負担がかかることがなく気がつかなかったのだろう。

先ほど、景彰が出してくれた温かい食事といい、この捻挫の手当てといい、二人の気遣いともいえる行為に思わず戸惑いを覚えずにはいられなかった。

「痛くない？」

「あ、ああ……」

「そう、よかった」

漣はにっこりと笑った、その次の瞬間、摑んでいた上掛けをすべて払いのけてしまう。

「で、後ろは？」

いきなりうつ伏せにされ、七瀬は驚いて抵抗した。だがもがく手足をまたもや二人がかりで楽々と押さえつけられ、ガウンの裾《すそ》をまくられてしまう。

「いや、だ……っ！」

昨夜すべての服を切り裂かれてしまったので、七瀬は下着すらつけていない。露わにされた双丘を左右に押し開かれ、その部分にひやりとした外気が当たった時は、あまりの羞恥に涙が滲みそうになった。

「……っ！」

「少し赤くなってるけど、傷も出血もないいね」

まるで商品を点検するような扱いに、七瀬は自分の今の状態を思い知らされる。

彼らの手中――よくわからないヘヴンとかいうふざけた組織に捕《と》らわれてしまったからには、自分は人ではなく、単なるモノとなるのだ。彼らに少し優しくされたからといって、うっかり気を緩めてはならない。

シーツを噛み締めたまま屈辱に震えていると、急に腕を放されて、七瀬は慌てて下半身を隠す。乱れてしまったガウンの前をかき合わせて身を引き、せめて少しでも彼らから遠ざかろうと、ベッド脇の壁にぴたりと背中をつける。

「じゃ、質問の時間だ」

眼鏡を外し、上着を脱いでいる漣に代わって、景彰が居丈高《いたけだか》な表情で言った。昼間の少し和らいだ感じはどこにもない。

「登録の時の名前は偽名《ぎめい》だな。本名は？」

「……」

名前くらいはいいだろうかと言いかけたが、名字から叔父のことがわかってしまうかもしれないと気づき、七瀬は再び口を噤んだ。

叔父のことを庇《かば》う気などさらさらないが、もし自分が口を割ったとあっては、入院中の母が危ないかもしれない。だとすれば、自分は何も言うわけにはいかないのだ。たとえ、どんな目に遭っても。

「だんまりか」

腕を組み、景彰は恫喝《どうかつ》することもなく、静かにため息をついた。七瀬のガウンの胸元を握る指が震えてくる。

「単独犯じゃないな。誰に頼まれた。それも言う気はないか」

「……言えない」

鋭く見据えてくる視線に耐えられなくて、七瀬は顔を背けた。

「俺たちは言いたくない奴の口から無理やり言わせる方法をいくつも知ってる。それでも口は割らないというんだな？」

おそらく、今のは最後通牒《つうちょう》だろう。七瀬は湧き起こる恐怖の感情に負けないように、勢いよく首を横に振る。

「——漣」

「オッケー」

それまでのやり取りを椅子に腰かけ、脚を組んで眺めていた漣が、景彰の言葉に嬉々《きき》として立ち上がる。彼がベッドサイドの引き出しを開けた時、ふと嫌な予感が七瀬の頭をよぎった。まさか——とその手元に目が釘づけになる。

そしてその予想が告げる通り、漣の手が取り出したものは、昨夜も見た、あの白いプラスチックケース。

「——それは嫌だっ！」

あの、狂ったような肉体の状態を思い出し、七瀬は思わず怯えた声を上げる。

「なら全部吐くんだな」

景彰の言葉にハッとした七瀬は、血が出るのではないかと思うほどに唇を噛み締めた。言えるわけがない。だが、その薬の恐ろしさを嫌というほど味わった自分は、それを使われて果たして耐えられるだろうか。あの苦痛と紙一重《かみひとえ》の快楽に。

「…いやだ…」

ばかのひとつ覚えのようにそれしか言えない自分に腹が立つ。

「そうか」

景彰は変わらない声音で軽く頷いたが、次の瞬間、強く腕を掴まれた七瀬はグラリとバランスを崩した。

「——！」

剝ぎ取るようにガウンを毟られた七瀬は、あっという間に裸にされて、さっきと同じようにうつ伏せに押さえつけられる。景彰の力は圧倒的で、七瀬が渾身《こんしん》の力で暴れてもびくともしなかった。彼はそれだけの力量を持っているから悠然としているのだと、今更ながらに気づかされて愕然《がくぜん》とする。

両腕を背中で一纏めに握られた七瀬の後ろに漣が回る。薬を塗られるのだと気づいた七瀬は慌てて脚を閉じようとしたが、漣もまた外見にそぐわない力で両脚を押し開き、自分の脚を使って固定してしまった。

「ああっ…！」

絶望の声を上げて、七瀬は固く目を閉じる。漣は再びそこを開いてきたが、ふと、何かを思いついたのか、景彰に声をかけた。

「塗る前に少し舐めていいかな」

「好きにしろ。どうせすぐメロメロになる」

漣の含み笑いが背後で聞こえたかと思うと、濡れた舌先がいきなり、とんでもないところに触れてきた。

「っ、あっ…！」

ビクッ、と双丘が震える。後孔を舐められているのだ、とわかった時、七瀬の全身が羞恥でカアッと熱くなった。

「や、な、なんて…っ！　ことっ…！」

漣の舌先は襞《ひだ》の間までもくすぐるように巧みにそこを刺激してくる。七瀬の肉体はすぐにジンジンと熱を持ち始め、自分の意思とは関係なしに後ろを収縮させた。

「あれ、まだ薬使ってないのに、どうしてこんなにヒクついてるのかな？」

「ふう、ん、んんんっ…！」

七瀬はシーツに顔を押しつけるようにして声を耐える。入り口に唾液を押し込めるようにされると、脚先まで甘い痺れが走るようだった。

身体が快感を覚えてしまっている。

昨夜の限界を超えた責めは、淡白だった七瀬の肉体を一晩にして変えてしまっていた。

なのにこの上、さらに淫猥《いんわい》な仕打ちをされてしまったら。

そうなったときの自分を想像するのが恐ろしくて、七瀬はそれを否定するように必死でかぶりを振った。

漣の指先が、七瀬の感じる孔をそっと押し開いてくる。

「あ、ん、んっ！　――――っっ‼」

ぬめった指がずるり、と入ってきた瞬間、覚えのある灼熱《しゃくねつ》感が全身を焼いた。中の粘膜が別の生き物のようにひっきりなしに蠢き、たまらない疼きを七瀬にもたらしてくる。

「い、いやっ、いやだっ！　それ、やめっ…！」

「もう遅いよ。塗っちゃった」

「聞かれたことに素直に答えれば、なるべく早く楽にしてやる」

そう言われ、七瀬は絶望的な思いで首を振った。言いたくないのなら、この快楽の拷問に耐えるしかない。

だが、そんなことができるだろうか。

「昨夜と同じ、ぎりぎりの量まで塗ってあげたよ」

「じゃあ、薬が吸収されるまで可愛がってやるか」

すでに肌は痛いほどに敏感になっていた。これからまた、果てしない淫虐《いんぎゃく》に晒されることに、七瀬は怯え、震えてしまう。

しかしそんな七瀬の心の内などお構いなしに、男たちの腕が強引に身体を仰向《あおむ》けに返してくるのだった。


「ああっ、だ…め、ああ、あっ…！」

硬くしこった胸の突起を、二人の男がそれぞれ両側から舐めている。身体はもう熱くて発火しそうだ。頭の上で軽く押さえられた両腕はもう力が入らず、拘束などは必要なかった。

「ふああっ…！」

片方の乳首に軽く歯を立てられ、七瀬は大きく背中を反らす。

股間で苦しそうにそそり立ったものの先端からは、透明な蜜が零れて側面を伝っていった。

「ああ…う…っ、いや、あ、あ、い、いくっ…！」

胸への意地悪い愛撫と併《あわ》せて、肌の至るところを男たちの指が這い回っている。しかし彼らはまだ肝心な部分へは触れてこようとしない。疼いて気が狂いそうなところをわざと放置したまま、さっきから乳首を舐め回している。

「…っそんなっ、頼むから、もう、やっ…！」

七瀬は耐え切れず、啜り泣きながら腰を揺らした。赤く膨《ふく》らんだ胸の突起は、舌先で転がされるたびに鋭い快感を訴《うった》えている。

「昨夜よりもいやらしくなったな」

嬲るような景彰の言葉に、七瀬は嘆くように顔を歪《ゆが》めた。

快楽に対し、我慢がきかなくなってきている。これも媚薬の効果だというのだろうか。

強く吸われるようにしてねぶられると、そこに電流を通されたように身体が跳ねる。

「あぁんぁっ！　あ、あ――…っ！」

次の瞬間、胸と性器の感覚が直結してしまったように、七瀬は乳首への責めで極めてしまった。

「ふう、ふっ…！」

股間を弾けさせた白い蜜で濡らしながら、がくがくと腰を震わせる。触れられてもいないのに、七瀬はそこに確かな快楽を感じていた。

「あーあ、また乳首でイッちゃった」

「っ……！」

嘲《あざけ》るように言われても、七瀬はもう反発の感情さえ薄れていた。たった一晩で変わってしまった自分の肉体に対するショックと、この後どうなってしまうのかという怯え。

これまで、七瀬が生きてきた世界には到底《とうてい》いなかったこの残酷な男たちは、徹底《てってい》的に自分を支配するつもりなのだろう。

逆らえない、という現状が、抵抗する気力を少しずつ削《けず》り取っていく。

「そろそろ名前くらいは教えてくれてもいいんじゃないのか？」

「は、あぁっ…！」

景彰に臍《へそ》の周りをくるくると指でなぞられて、七瀬は下腹部をわななかせる。漣もまたその指先を七瀬の内股に滑らせてきて、敏感な皮膚をくすぐるように愛撫した。射精してなお硬くなっているものに近づいてはまた遠ざかっていく。

「名前を言ったら、もっと気持ちよくしてやる」

もう快感を求めることしか考えられなくなりつつある七瀬の脳裏に、その声は途方もなく甘く響いた。

「…な、七瀬…、宗谷《そうや》、七瀬っ」

「年は？」

「二十四…」

耐え切れずにとうとう名前を言ってしまった七瀬の濡れた瞳に、男たちがうっすらと笑う表情が見えたような気がした。

「ご褒美だ」

「うんと楽しむといいよ」

七瀬は両側から二人に脚を大きく持ち上げられ、はしたない部分をすべて晒すような格《かっ》好《こう》にされた。

「あっ…！」

景彰の大きな手が七瀬の性器を握り、根元からゆっくりと扱き上げる。待ちわびていたそれに甘い快感を与えられて、七瀬の肉体は狂喜した。

「は、ふ、んぁあっ！　あ、ああ…んっ！」

恥ずかしいという思いも、快楽と興奮の前に薄れていく。いや、羞恥さえもが悦びになっているのかもしれない。

「気持ちいいのか？」

「ああっ！　い、いいっ、そ、そこっ…！」

先端部分を指の腹でぐりぐりと責められると、キツすぎるほどの快感が湧き上がってくる。

「こっちの具合はどうかな？」

　前を嬲られる感覚にすっかり気を取られていると、漣の指先が後孔をまさぐってきた。そこはもう柔らかく蕩けて、早く何かを呑み込みたそうにひくひくとしている。

「あ、あああぁあっ……！」

　最初から二本の指を捻《ね》じ込まれても、七瀬はもう愉悦しか感じなかった。エンジェルヒートに侵された内壁は、挿入され、中で達しないことには収まりがつかない。

「すっごい、グチョグチョだよ。やらしいなあ」

「はあ、あんっ！　あっあぁっ！　そ、そんなにっ…、あぁあっ！」

　疼く肉壁を擦られ、かき回されて、七瀬の肢体《したい》がびくびくと痙攣する。前後を同時に責められる快感は、どうやっても耐えられるものではないが、七瀬は奥歯を噛み締めて必死で抗おうと試みた。一度流されてしまえば、もう怒涛《どとう》のように崩れていってしまうのを知っていたからだ。

「我慢してるのか？　無駄だ」

「あ、ひぃんっ…！」

　蜜の滴る小さな孔を指先で優しくなぞられて、シーツから背中が浮く。

「ほーら、中もきゅうきゅう締めてくる。もうイキそうって感じ」

　漣の揃えた二本の指が卑猥な音を立ててそこから出入りしている。七瀬は身体の下の布を握り締め、湧き上がってくる熱い波にきつく目を閉じた。

「ん、だめ、だめ、あ、あぁあああっ…！」

嬌声《きょうせい》が高く長く尾を引く。七瀬が達している間も、二人の愛撫は止まらなかった。最も気持ちのいい瞬間を引き延ばされて、汗に濡れた身体が卑猥にのたうつ。

「あ、ひぃ、…っ！」

身体の中を小さい波がいくつも通り抜けていく。七瀬はそのたびに尻を振り立てて二人にからかわれた。

「そろそろ吸収したようだな」

全身がジンジンと痺れている。七瀬は小さく啜り泣きながら、景彰の言葉をぼんやりと聞いていた。逞しい体躯が両脚の間に割り込んできて、力の入らないそれを持ち上げられる。

「入れるぞ」

いや、と告げる余裕もなく、猛々《たけだけ》しい形状をしたものが七瀬の中に音を立てて入ってきた。

「んあ、あっ！　くぅ…っ！」

「……いい感じに出来上がってるな」

媚薬によって淫らな肉洞《にくどう》と化してしまった七瀬の中を味わうように、景彰は容赦《ようしゃ》なく身体を沈めてくる。わざとゆっくり入れてくるのは、きっと、犯されているという感覚を味わわせるためだ。

「…あ、あ…ふ、ああ…っ！」

太いもので串刺《くしざ》しにされる感じが、どうしようもなく身体を震わせる。こんな状態で中を激しく突かれてしまったら、自分はきっと昨夜の狂乱のように、あられもなく男をねだってしまうに違いない。

「——はあ、ぁあっ！」

根元まで押し入った景彰が、腰を引いて再び沈めてくる時の強烈な快感に、七瀬は白い喉を反らして喘いだ。彼はもうもったいぶらずに、力強い動きで奥まで擦り上げてくる。

「ああ——っ！　あっああっ、あぅうんっ…！」

景彰が動くたびに刺激される粘膜が、凄まじい愉悦を訴えてくる。女のように濡れそぼったそこは、まだ二回目だというのに貪欲に男根を咥《くわ》え込んでいった。

「はあ、ああっ、んぁあっ！」

「澄ましたような顔してるくせに、こうなると可愛いんだね？」

漣は位置を変えて七瀬の上半身あたりに陣取っている。景彰に犯される七瀬の表情をしばらく見て楽しんだ後、両の乳首をきゅうっと指で摘んできた。

「あっ、はっ！」

「乳首がえらく感じるみたいだ。弄ってもっと大きくしてやれ」

「もちろん」

中を大きなものでかき回されながら、痛いほどに尖《とが》っている胸の突起を指先で弾かれる。そのたびに七瀬の肢体はひくひくと震え、景彰を締めつけた。

「う…、そ…れ、やぁっ…！」

乳首がそんな感覚を生み出すものだとは、これまで七瀬は知らなかった。押し潰《つぶ》すようにされると、背を反らして嫌々とかぶりを振ってしまう。舌っ足らずな喘ぎを漏らしているると、漣が唇を重ねてきた。

するりと入り込んでくる舌に敏感な口腔を舐め上げられ、鼻から甘い声が出てしまう。

「んん、ふぅ…んっ！」

七瀬はいつしか、自分から顔を傾け、漣のキスに応《こた》えてしまっていた。

「気持ちいい？」

七瀬の口の中に指先を差し入れ、かき回しながら漣が尋《たず》ねてくる。その指に無意識に舌を絡ませ、恍惚《こうこつ》としながら何度も頷いた。

「あ…ふ…、…気持ち、い…っ！」

「どこが気持ちいいの？」

「あ、う、後ろ…、中…がっ！　胸も、いい…っ！」

快楽にはすっかり素直になってしまった七瀬が問われるままにはしたない言葉を垂れ流すと、漣が同じ口調でさらに聞いてくる。

「じゃあ、君がどこから来たのか、教えてくれるよね？」

「……っ」

沸騰しているような頭の中にひやりとしたものが走り、七瀬はとっさに首を横に振った。その瞬間、体内の鋭敏《えいびん》なところを狙ったようにグリッ、と抉られ、悲鳴を上げて仰け反ってしまう。

「ふあ、あぁぁあっ！」

七瀬はたまらず、自分からもっと呑み込むように腰を振り、景彰をきつく締め上げた。彼の凶器の先端が何度もそこにぶち当たり、頭が真っ白になるほどの快感に晒される。

「思ったより強情だな」

「でも、責めがいがあるかも」

「や、ああっ…あっ、許してっ…！」

すでに何度も極めさせられている。達するごとに感じやすくなってしまう身体では、次の絶頂もすぐそこだった。

「くぅ、んんんっ！　ん、あ、あぁあ…っ!!」

一度堪えるように唇を噛み、すぐに耐え切れなくなって大きく喘ぐ。肉体の芯の部分から湧き上がってくる快感は、七瀬の身も心も熱く焼き尽くした。

「――――っっ!」

声にならない声を上げて達し、七瀬はシーツの上にぐったりと沈み込む。体内の奥の方で景彰が弾けた気配を感じ、腰がびくんと跳ね上がった。

これで許されるわけがない。媚薬の効果はまだまだ続いている。だが、こんなにされてしまって、自分は最後まで耐えられるだろうか。

「今度は僕の番だよ」

景彰と位置を入れ替えた漣が、七瀬の身体をうつ伏せに返してくる。抵抗もできずにされるままになっていると、両手で腰を掴まれて高く引き上げられた。

「んっ…!」

濡れた入り口に押し当てられただけで、物欲しそうな声が出てしまう。遠慮なしに挿入されて、両手でシーツをわし掴みして快感に耐えた。

「あ、あ、あ…!」

さっきさんざんかき回された内壁は、すっかり蕩けて次の男を迎え入れる。

「七瀬」

初めて名を呼ばれて、七瀬は潤んだ瞳を目の前の景彰に向けた。大きな手が顎を持ち上げてきて、指先で唇をそっと開かれる。

「舐めてみろ」

まともに目にした男のものは、その外見通りの形と大きさを誇《ほこ》っていた。

これが、自分をさんざん泣かせたもの。

「歯を立てたりしたら、承知しないぞ」

七瀬にはもうそんな気力は残っていない。

口を開け、ぎこちなく咥えた後で舌を這わせる。そんなことをするのももちろん初めてのことだったが、七瀬はなぜか興奮した。

「んっ、ふうっ…、ふう、ううんっ！」

背後では漣が七瀬の中をじっくり堪能《たんのう》するように動いている。入り口近くまで引き抜かれたかと思うとまた根元まで刺し貫《つらぬ》いてきて、そのたびに死にそうな快感を味わわされていた。ぐちゅぐちゅという卑猥な音が、上下両方の口から漏れ響く。

「口でするのは初めてか？　うまいじゃないか」

「んんっ…、んんんっ！」

泣きながら必死で奉仕を続けていると、景彰の指先が戯《たわむ》れに乳首に触れてきた。それを見た漣も、七瀬の股間を握り込んでゆっくりと扱き立てる。身体中の性感帯を一度に刺激されて、七瀬は喉の奥から咽《むせ》び泣くような声を上げた。

「んっ！　ふうっ…うん、あぁあっ！」

とうとう耐え切れず、しゃぶっていた景彰のものを口から出してしまう。途端に叱《しか》るように乳首を強くつねられて、七瀬の肉体にまた強烈な波が走った。

「ああっ！　また、イっ…く、くう、ん――――っ！」

後ろを思いっ切り固く締めつけて、七瀬は漣を道連れにして精を放つ。今度も絶頂は長く七瀬を苛み、漣が最後の一滴を注《そそ》ぎ終えてもなお、ぶるぶると全身を震わせていなければならなかった。

「あ……あ」

「まだ言う気にならないんだ？」

七瀬の中から自身を抜き取りつつ尋ねる漣の声に、朦朧となりながらも首を振る。まだ、あと少しなら耐えられる。耐えてみせる。

「仕方ない。漣、アレを用意しろ」

「わかった」

それだけで伝わったのか、漣はベッドから降りると部屋から出ていった。

まだこれ以上ひどいことをされるのかと、七瀬はギクリと身体を強張らせた。残った力で懸命《けんめい》に逃れようともがいたが、景彰は七瀬の肢体をどこか楽しそうにあっさりと押さえ込む。そうして後ろ向きに抱きかかえられて、さんざん苛《いじ》め抜かれたそこに硬いものを押しつけられた。

「俺はまだなんだ」

「ああ、あっ！」

両の膝の裏に手をかけられ、七瀬は男のそれを自重でずぶずぶと呑み込んでいく。それだけでもたまらなくて、快感に開ききった足の爪先がぶるぶるとわなないた。

今度はいったい何をされるのか。その恐怖に怯えていると、部屋の扉が開いて漣が戻ってくる。彼は一見すると、細いゴム性の棒のようなものを持っていた。

「今度こそ本当に狂っちゃうかもね」

「な、なに…を…、いやだ…」

七瀬はぼろぼろと涙を零し、漣に無駄な哀願《あいがん》をする。彼はそんな七瀬の赤く染まった目元に優しくキスをすると、しとどに濡れそぼつ股間のものをそっと握り込んだ。

「ふあっ」

漣は七瀬の前に屈むと、エンジェルヒートを指先にすくった。それを先端の小さな孔の中に、すり込むように塗りつける。

「――――ひっ」

最も敏感な粘膜に、焼けつくような快感が襲いかかった。

「あ、あぁあっ！　やだ、それ、やあっ…！」

「ここはちょっとキツいよね。でもこうしとけば痛くないからね。…よすぎて苦しいかもしれないけど」

ちゅくちゅくと先端を揉まれ、七瀬はそのたびに景彰の胸に頭を押しつけてひぃひぃと身を捩《よじ》った。精の通路でもある狭いそこは、染み込んでくる媚薬の刺激を受けて恐ろしいほどに疼いている。景彰を咥え込んだ後ろも強烈な収縮を繰り返し、彼を喜ばせた。

「やっぱり、すごいな、お前…、痛いくらいだ」

「くぅ、んんんっ！　や、もう、やっ、おかしく、なるぅっ…！」

蜜口を責められ、背後を小刻みに揺すられて、七瀬の身体が不規則な痙攣を繰り返す。もう限界を超えてしまって、とっくにおかしくなっているのだが、そう口走らずにはいられなかった。

「そろそろいいかな」

漣は細いゴムの棒を手に取り、それにもエンジェルヒートをたっぷりとまぶす。そしてあろうことかそれを七瀬の蜜口に当てて、慎重な手つきで挿入してきた。

「あ――――あっ！」

信じられない部分に入ってくる異物の感触に、思わず身を強張らせる。だが次の瞬間、これまで味わったことのない異様な感覚が肉体の芯を貫いて、ビクン、と身体が大きく震えた。

「動かないで」

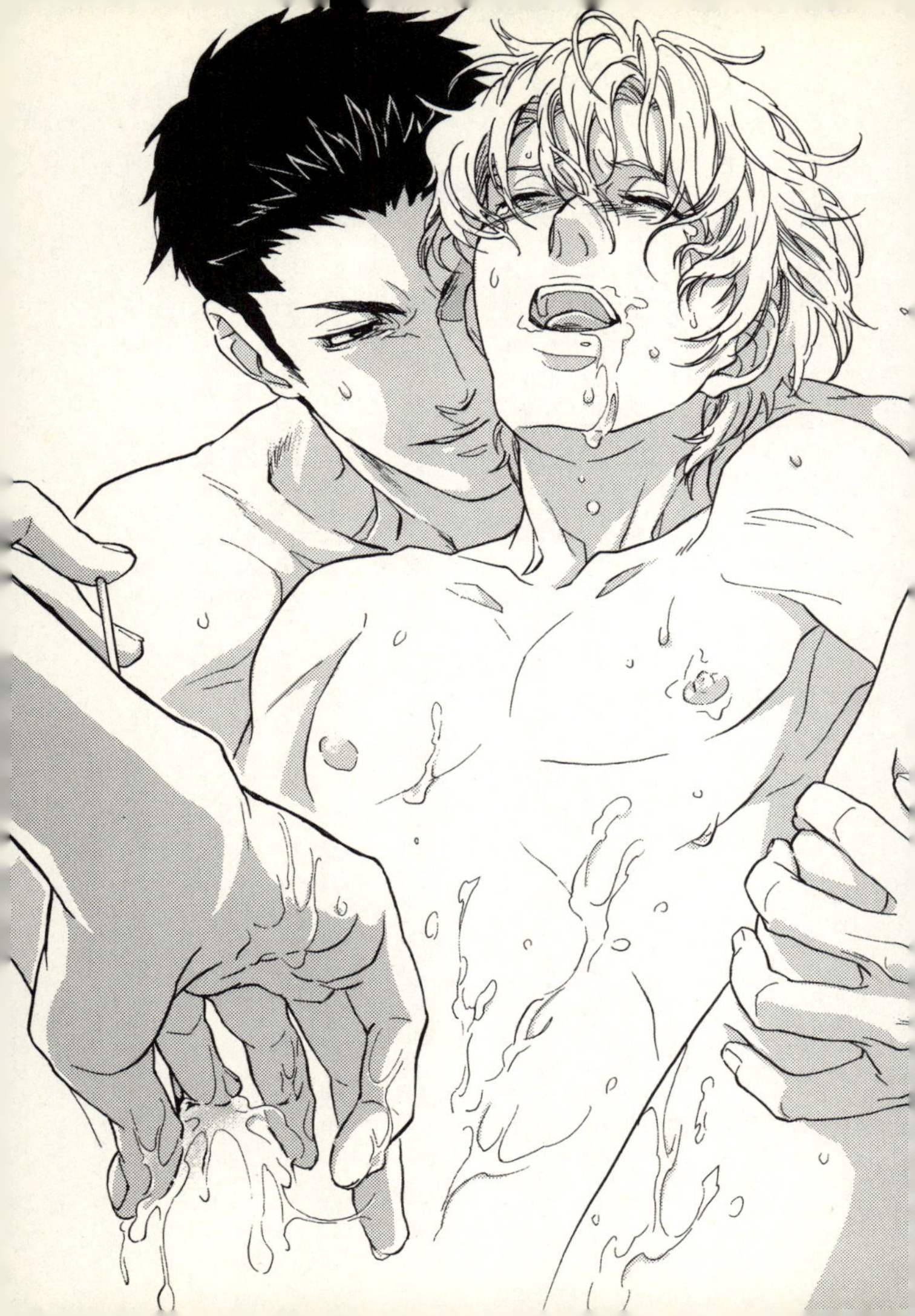

「く、ふううっ！　ひ、あ、————っ!!」

腰から下が熔けてゆく。

精路を刺し貫くその快感は、まさに炎となって七瀬を中から炙っていった。媚薬のせいか痛みこそなかったものの、過ぎた快楽は苦痛と変わりない。

「どう？　こんなことされたのも初めてだろ」

初めても何も、男との経験すらない。そう言おうとして開いた口も、濡れた嬌声を上げる他《ほか》は唾液を零すことしかできなかった。

「や、やああっ…！　い、入れなっ…！　こわ、い…っ！」

「そんなに可愛い声を出すな」

「あ、あふうっ！」

後ろから七瀬を抱きかかえていた景彰が、刺激に尖りきった乳首をそっと撫で上げてきた。激しい快感に晒されている身体にその優しい愛撫はかえって強烈に効いてしまう。彼らには七瀬の肉体をどう扱えばどう反応するかまで、もう知られてしまっているのだろう。

「そろそろ本気で口を割ってもらう。でないと、中と外からとんでもない快感が襲ってくるぞ」

————これ以上？　と虚《うつ》ろな視線で振り返ろうとした時、腰の奥からズウン、と衝撃にも似た快楽が突き上げてきた。

「あっ、ひ、――――っっ!!」

「はい、ここだね」

棒の先が、体内のどこかに触れている。もしかしたら、前立腺《ぜんりつせん》というやつかもしれない。特に動かされているわけでもないのに、七瀬の身体はそれだけで何度もイキそうになるくらいの快感を覚え、景彰の膝の上で激しく悶《もだ》えた。

「あああ、あうっ！　あっ、あっ、ひ、し、死ぬっ…！」

「もう一度聞く。素直に話す気はないか？」

「……っ！」

七瀬は涙に濡れた目を見開いた。

もう駄目だ。これ以上は、本当に耐えられない。

だが、もし自分が話してしまったら、母が危険な目に遭うかもしれない。

「…っい、言え、な…っ」

許してほしい、と願いながらも、七瀬は首を横に振った。

「そうか」

景彰は言い終わるやいなや、七瀬の腰を軽々と持ち上げ、その男根の先端で最も敏感な部分を強く抉ってくる。そして同時に、漣が精路に挿入された棒の先を指先で軽く弾いた。

「――――っっ!!」

声にならない悲鳴が七瀬の喉から溢れ出る。

快楽の源泉を前と後ろから同時に挟み込まれ、七瀬は神経が焦《こ》げつきそうな激しい快感に翻弄《ほんろう》された。全身から汗が噴《ふ》き出し、触れられていない肌の部分も、針で刺されているようにピリピリと敏感になる。

「うあ、あぁあっ！　ひ、あ、くぁあっ！」

これはもう、快楽の拷問だ。

もともと経験の乏しい七瀬には、昨夜から受け続けた仕打ちなど本来耐えられたものではない。これまでどうにか口を割らずにいられたのは、病身の母を案じていたからだ。

「ひ、ひうっ！　あっ、あっ！」

膝の裏に手を入れられ、小刻みに上下に揺らされる。頭の中も、視界も、もう真っ白だった。

「言え。誰に頼まれた？」

「――――っ」

本当にもう、駄目だった。

――ごめん、母さん。

七瀬は心の中で母に謝罪し、呂律の回らなくなっている口を開いた。

結局、七瀬はあれからすべてを白状してしまった。

自分と叔父の関係、叔父に頼まれたこと、そして叔父が所属している組や、その思惑など。

一度折れてしまった心はもう抗う気力などこれっぽっちも残ってはおらず、聞かれるままに、知っている限《かぎ》りの全部を二人に自供した。そうしてようやく快楽の責めから許されると、七瀬は再び意識を失ってしまい、次に目覚めた時には、猛烈《もうれつ》な後悔に襲われた。

もとはといえば、叔父の甘言《かんげん》にうっかり乗せられてしまった自分が悪いのだが、今更そのことを悔《く》いてももう遅すぎる。

疲弊《ひへい》した身体をベッドの中で休ませながら、七瀬は残された道はないものかと必死で考えた。なんとかして母を守る方法を見つけなければならない。病院にいるとはいえ、こうしている間にも危険が迫《せま》っているかもしれないのだ。それに、親族である自分に連絡がつかなければ、病院側も対応に困るやもしれない。そうなると治療途中で自宅に帰される場合も考えられる。

だが、監禁《かんきん》され、外部との接触を断たれた今の状態では、七瀬にあるのは男たちが褒めてくれたこの肉体のみだった。

「……」

ベッドの上に起き上がり、七瀬はそっと床に足をつけた。また前のように倒れてしまうかと思ったが、今度はふらつきはするもののどうにか歩ける。死ぬかと思うような目に遭ったにもかかわらず、肉体は着実に慣れていっているらしい。七瀬は自嘲《じちょう》の笑みを口元に浮かべた。

壁伝いにドアまで歩き、取っ手に手をかけて引いてみる。予想に反して鍵はかかっておらず、それはあっさりと手前に開いた。

「――――」

七瀬が部屋の外に出てみると、そこは広いリビングだった。ダークブラウンのラグマットに、濃いベージュ色のソファが落ち着いた雰囲気を醸し出している。多分、ここはマンションの一室なのだろう。それも、かなり高層階の。

人の姿は見えなかったが、明かりはついており、どこかにはいるのだろうということが窺えた。リビングの奥にはキッチンが見え、その先に玄関へと続く廊下が確認できる。

七瀬は一瞬それに気を取られそうになったが、緩く首を振って自分をたしなめた。

今、しなければならないのは、そんなことじゃない。

「どうした。腹でも減ったか」

音を立てていないにもかかわらず、別の部屋のドアが開いて景彰が顔を出した。おそらく、ここか寝室に監視カメラでもついているのだろう。ドア越しにちらりと見えた部屋の中には、パソコンやよくわからない機材の類が設置されていた。景彰の後ろから漣も顔を出す。

そういえば、この二人はどういった間柄《あいだがら》なのだろうか。確か、漣は景彰のことを兄さんと呼んでいた気がするが、兄弟にしては雰囲気があまりに違いすぎる。

「頼みが……ある」

「逃がしてほしいとかいうのだったら聞けないけど」

漣の言葉に、七瀬は首を振った。

「そんなことじゃない」

彼らの手に完全に堕《お》ちてしまったのだと思い知った時、七瀬は観念したのだ。自分の失態のツケは、自分で払わないといけない。母はいつも、すべての行動は自分に返ってくるものだと言っていた。

「母を守ってほしい」

「お前の母親か？　入院してるって言っていたな」

それも、あの時無理やり言わされたものだ。七瀬は力なく頷いて一度床に視線を落とした後、大きく息を吸い込んでから彼らを見上げた。

「あんたたちは、叔父に何か圧力をかけるつもりなんだろう？」

「まあ、それ相応の対応はさせてもらう。この世界舐められたらお終《しま》いだからな」

「それは別にいい。ただ、母だけは守ってほしい。あの人はなんの関係もない」

七瀬の必死の訴えに、漣が興味を示したように部屋から出てきた。

「確かに、君が喋《しゃべ》ったとわかれば、その叔父さんが君のお母さんになんらかの報復をする可能性もあるね」

「……そうだ。それだけは、絶対に避《さ》けたいんだ」

「だから、あんなに頑固に口を割らなかった？」

そうだ、と言いたかったが、結局七瀬は快楽の拷問に耐えかねて黙っていることができなかった。恥辱の時間がまざまざと思い出されて、七瀬は一瞬、目を伏せてしまう。

景彰は壁に寄りかかり、腕組みをしながらじっとこちらを眺めていた。

「あんたたちなら、母に手出しができないようにすることも可能なんだろう？」

「それは容易《たやす》いが、どうして俺たちがそんなことを気にしなきゃいけない？」

あっさりとかわされそうになって、七瀬は薄い唇を噛んだ。やはり、彼らは一筋縄《ひとすじなわ》ではいかない。わかっていたことなのだが。

「頼む。その代わり……、俺は、どうでも好きにしてくれて構わないから」

こんなことを頼むのは、七瀬にとって屈辱以外の何物でもない。あの地下クラブのステージからさんざん痴態を繰り広げて、今更何をと思うが、それでもやはり、力で屈服されられるのには抵抗がある。

だが今の七瀬には、これしかもう方法がないのだ。

「へえ。でもそれってちょっと違うんじゃないかな」

ラフな部屋着姿になっている漣は、そうしているとまるでどこかの学生のようにも見える。

「取引っていうのはさ、それなりの対価を払い合うってことだよ。今の君は、最初から僕たちの手の内にある。あの晩、奴隷になったんだからね。つまり、君は、何の取引カードも持っていない」

最もな言葉だった。だが、ここで引くわけにはいかない。

「持ってる。俺のこの身体だ。あんたたちも、褒めてくれたろう」

二人の表情が、おや、というものに変わった。漣が興味深そうに七瀬に近寄ってくる。

「俺を奴隷として調教するだけしたら高く売ればいい。それが対価だ」

屁理屈《へりくつ》は承知の上だった。もともと彼らの奴隷なのだから、それをどう扱おうと、売り物にしようと彼らの自由で、こんな言い分は取引でもなんでもない。

わかってはいるが、七瀬にはこれしかないのだ。

きつく握り締めた掌がじっとりと汗ばんでいた。速まる鼓動を悟られないよう、七瀬は瞳に力を入れて二人を見つめ返す。

「そうだね。……確かに、君はすごかった。どうする？　兄さん」

漣に意見を求められた景彰は、少し考えるように顎に手を当てた。漣は奔放《ほんぽう》に振る舞ってはいるが、決定権は景彰に託《たく》しているようだった。

「なるほどな。一理ある。お前が逸材《いつざい》なのは、認めざるを得ない」

景彰はひとつ頷いてから、壁から背を離した。漣と同じようにゆっくりと七瀬に近づいてくる。

「お前の希望通りにしてやろう。母親はこちらで保護してやる。その代わり、お前は俺たちのために働け」

「――本当か」

七瀬は縋《すが》るように景彰を見た。

「俺たちは契約は守る」

「まず君には仕込みを受けてもらうよ。約束通り僕たちが手ずから仕立ててあげる。幸運に思うんだね」

後ろに回った漣の両手が、肩にそっと触れてくる。

「他の奴隷たちは、情け容赦ない男たちに、寄ってたかって調教されるんだ。耐えられなくて死んでしまう者もいる。そこで生き残った者だけが、優秀な奴隷になれるっていうわけ。だから、君はすっごく恵《めぐ》まれてるんだよ？」

ひどく物騒なことを、彼は耳元で甘く囁いた。

「――――わかってる」

覚悟はしていたが、血も涙もない世界を垣間見《かいまみ》た気がして、背筋に薄ら寒いものが走る。

「そんなに怖がらなくていい。お前がいい子にしていれば、優しく扱ってやる」

薄く笑みを浮かべた景彰が七瀬の前に立ち、ガウンの紐《ひも》を丁寧に解いた。合わせ目に手を入れられ、七瀬の裸体が明かりの下に晒される。

「綺麗な身体だ」

「あ…」

乾いた掌が肌を這う。まだ媚薬の効果が残っているのか、七瀬はそれだけで身体をぶるっ、と震わせた。

「奴隷になるつもりなら心得ておけ。してる時は、身体の状態を素直に口にするんだ。気持ちよければ気持ちいいと言え」

「わ…かった」

「なら、これは？」

景彰の指先が、薄桃色の乳首に触れる。突起の周りの部分を優しくなぞられて、七瀬の身体から力が抜けそうになった。漣の腕が後ろから支えるように抱き締めてくる。

「あ、気持ち…いい」

「どこがだ」

刺激され、たちまち硬くなったそれを突かれ、七瀬の吐息が乱れ始めた。唇を舌先で湿らせ、恥ずかしさに耐えながら卑猥な言葉を漏らす。目元がぼうっとして、熱い。

「乳首が…、気持ち、いいです…」

「そうだ。イく時も、ちゃんと言うんだぞ」

「なるべくいやらしい言葉を使ってね」

景彰の指先が胸の突起から離れ、乱したガウンを元通りに着せてくれる。七瀬は大きくため息をつきながら、目の前の男を見つめた。

「風呂に入るといい。服も後で用意してやる。お前を取引の時の接待に使う高級娼婦に仕立ててやるよ。世界中のセレブがこの身体に夢中になる」

脱力感に支配されながら、七瀬は男の言葉にゆっくりと頷いた。

その翌日には、七瀬にはきちんとした衣服が与えられた。

普段着だけではなく、これまで雑誌の中でしかお目にかかったことのない高級ブランドのスーツまでもが何着もクロゼットにかけられ、それを見た時は思わず唖然《あぜん》とした。

母一人子一人の生活だったので、これまでごくごく質素に暮らしてきた七瀬にとっては、考えられないような待遇《たいぐう》だ。

「お前の客はそこらの金持ちじゃない。奴隷といっても、それなりの身支度《みじたく》は必要だ。たとえ、後で裸に剝かれてもな」

景彰はそう言って皮肉っぽく笑ったが、てっきり囚人《しゅうじん》のように扱われるとばかり思っていた七瀬には予想外のことだった。

最初に目が覚めたベッドのある一室を与えられ、そこで生活するように言われた。一人で外に出るのは許されなかったが、どのみち七瀬には逃亡の意思がないことを彼らもわかっているようで、それ以外は特に不自由のない生活をしている。

とはいっても、調教は容赦なく行われた。あの恐ろしいエンジェルヒートはあれ以来使われることはなかったが、一度限界を超えた身体はすっかり変わってしまい、ひどく感じやすくなっていた。それもそのはずで、あの媚薬はもともと調教用に作られたものだというう。詳細は教えてはくれなかったが、東南アジアの奥地から採取される薬草をもとに、漣が開発したのだそうだ。

「こう見えてもさ、医者なんだよ」

七瀬の手を楽しそうにベッドに拘束しながら、漣が言う。時に学生のように見える彼は二十七で、七瀬よりも三つ年上だった。どうりで、秘部の様子を見た時や、精路に異物を挿入した時の手際《てぎわ》がよかったはずだ。漣が足をひっかけたことによって負った左足首の捻《ねん》挫《ざ》も、彼の処置のおかげで今はもうすっかり完治している。

「都内の病院に非常勤で働いてるよ。病院につてをつくっておくと、いろいろと便利なんだ」

今日、部屋に訪れたのは漣一人だった。彼らは二人揃ってやってきて七瀬を抱くときもあれば、一人でやってきて楽しむこともある。ここは彼らの仕事場で、いわばヘヴンの中《ちゅう》枢《すう》部《ぶ》だ。拠点を持たないといわれる彼らの組織は、ここで情報を統括し、様々な闇《やみ》取引が行われているのだろう。以前垣間見た部屋に通じるドアはいつも厳重にロックされており、七瀬が立ち入ることはできない。おそらく、あの部屋のマシンの中に本当の情報があるのだろうと踏んでいるが、どちらにせよ今の七瀬には興味がないことだ。

母のことは相変わらず心配だったが、契約は守ると言った彼らを信じるしかない。少なくとも、叔父の六郎よりは信用できる相手だ。肉体を屈服させられ、好きに弄ばれているのにもかかわらず、なぜかそう思えるのが不思議だったが。

そして今日やってきた漣は、奥の部屋でしばらく仕事をし、七瀬と一緒に食事をとってから、寝室で両手をベッドに繋いだ。

不安な顔をしながら、何をされるのかと見上げる七瀬に、漣は優しく笑ってキスしてくる。

「大丈夫。ひどいことはしないから」

そう言われても、怖い。漣は責め方が執拗で、本当に狂うかと思うくらいに乱されるのだ。思わずそう訴えると、彼は悪びれる様子もなく七瀬に覆い被《かぶ》さって言った。

「七瀬の感じてる顔が可愛いからだよ」

「ん…っ」

そして彼らはなぜか二人してキスが好きだった。もちろん口淫《こういん》での奉仕も教え込まれたが、それ以上に口づけでもって七瀬の頭と身体に熱を灯《とも》す。

いっそ物扱いしてくれた方が割り切れるのに、こういうのは、何か調子が狂う。

「今日も気持ちよくしてあげるからね」

漣はローターを取り出し、スイッチを入れてからそれを七瀬の後孔に押し当てた。

「んんっ！」

振動が中まで響いてきて、内壁がざわめきだす。

「ほら、別に押してないのに、入っていっちゃうよ。……薬なしでも、ずいぶん欲張りになったね」

「あ、あ…！」

ひくひくと物欲しげに蠢く入り口が、ローターを咥え込んで中へと勝手に呑み込んでいった。刺激がもろに内壁に伝わり、足先まで痺れるような快楽に包み込まれる。

「ふう、う…っ、あ、あんっ…！」

漣は七瀬の震える脚を両手で押し開き、その痴態を観察するようにじっと眺めている。視線が肌の上を這うような感覚に激しい羞恥心を覚えたが、股間のものはみるみる形を変えて隆起していった。

「本当に素直だね、七瀬の身体は。可愛いよ」

七瀬自身も、自分がこれほどまでに貪欲《どんよく》になるとは思ってもいなかった。今も、媚薬も使われていないのに、あの時と同じように感じている。

さんざん視姦《しかん》して気が済んだのか、ようやく漣が七瀬の上に覆い被さってきた。弱い耳や首筋を愛撫されて鳴かされた後、すでに硬くなっている胸の突起を舐められる。

「あ…んんっ！」

口に含まれて舌先で転がされ、胸の先から言いようのない快感が広がった。もう片方の乳首も指先でこりこりと刺激され、背中が浮いてしまう。

「あ、はあっ、ん、あ…ああっ…！」

胸で感じさせられ、後ろが締まると、中のローターの振動がより生々しく媚肉に伝わってきた。

「あ、あふ、あ…あ、いい…っ」

もうたまらなくなり、七瀬は淫乱に腰を揺すった。脚の間のものはもう透明な蜜を零しながら屹立していて、触ってほしいと訴えている。

「まだだめだよ」

腰骨をくすぐるように焦《じ》らされ、くう、と喉を鳴らした。

「もっと欲しがってごらん。どうされたいのか、僕に教えて」

漣は脚の付け根ギリギリのところを指先で辿《たど》り、優しくなぞり上げるが、決して性器には触れようとしない。敏感な部分をいたずらに刺激され、七瀬の中にもどかしさだけが蓄積していく。なんとか熱を逃がそうと身を捩ってみるが、両手を拘束された状態ではそれも叶わない。

「は、あ…あっ、し、してっ…！　触って…」

「どこを？」

はしたなくねだってみせなければ、絶対に許してはもらえない。それはここ数日の調教で、嫌というほど思い知らされた。七瀬は一瞬ためらった後、自分の中の羞恥を無理やり抑えつけ、濡れた唇を開く。

「俺の、いやらしいとこ…、――を、グチョグチョにして、気持ちいいとこ、舐めて…！」

卑猥な言葉を口にすると、身体の底からカアッと熱くなってくる。確実に自分は変えられていっているのだ。辱《はずかし》められて悦びを感じる性奴《せいど》に。

「いいよ。ご褒美だ」

次の瞬間、股間から激しい快感が込み上げてくる。七瀬は耐え切れず嬌声を上げ、思い切り身体を仰け反らせた。

「あ、う…っ、くはぁ、ああっ！」

自身を漣の口に含まれ、弱くきつくしゃぶられる。焦らされた分だけ快楽は強く、腰をがくがくと痙攣させて悶えた。

「あ、ん、だめっ…！　も、イくっ、うっ…！」

すぐにも達してしまいそうなほどに感じているのに、吐き出すことができない。漣が七瀬の根元を指で強く縛めているからだ。イけずにびくびく震える張りつめたものに、巧みな舌がねっとりと絡みつく。先端の小さな蜜口を舌先で抉られて、尻が跳ね上がった。

「ひ、あぅんんっ！　ふぅうんっ…！」

「気持ちいい？」

溝の部分にちろちろと舌を這わせながら、漣が囁く。

「あ、いっ、すごく、いいっ…！」

喘ぎに開きっぱなしの口の端から、唾液が零れた。頭の中に白い靄《もや》がかかって、何も考えられない。

漣がゆっくりと根元を締める指の力を抜いていくと、腰の奥に焼けつきそうな快感が込み上げた。ローターによる後孔への刺激とひとつになって、七瀬を絶頂へと押し上げていく。

「あああっ！　も…イく、いっ、――――っっ!!」

全身を硬直させて、漣の口の中へと精を放つ。息も止まりそうな極みに、七瀬はただ悲鳴を上げることしかできなかった。

「は、あ…、はあっ」

漣が口元を拭いながら顔を上げた時、七瀬は余韻に啜り泣いていた。体内の玩具《おもちゃ》は相変わらず振動を続けている。達したばかりの肉体は一層敏感にその刺激を感じ取り、終わらない快楽にわななないていた。

「……よかったみたいだね？」

可愛いよ、と呟いて、漣が唇を吸ってきた。侵入してくる舌に自分のものの味を感じて、七瀬は興奮して甘くうめく。淫具のコードがゆっくりと引っ張られ、振動が身体の中から出ていった。

「…あっ」

「七瀬があんまり可愛いから、僕も我慢できなくなった」

そう言って取り出した漣のものは、猛々しく天を仰いでいる。

あれを今から入れられる。そう思うと、ローターに嬲られていた媚肉がはしたなく疼くのを感じた。

「力抜いて」

「ん、ん…」

もう何度も男を受け入れたのに、挿入の瞬間はいまだ慣れない。媚薬を使われていれば別だが、そうでない場合はどうしても身構えてしまう。それでも、男根の一番太いところが入り口をくぐる時には、ツン、とした悦楽をそこに感じるのだ。

「七瀬の中…、すごい、ヒクヒクしてる」

「あう…、ん、ン…っ！」

奥までいっぱいにされて、思わず大きく喘ぐ。そこはもう快楽を感じる器官につくり替えられていた。漣が少し動いただけでも、身体の芯がジンと痺れてくる。

漣は七瀬の腕の拘束を解くと、そのままぴたりと身体を密着させるように抱き締めてきた。

「腕、回して。それから……僕の名前呼んで」

その要求に七瀬は少なからず戸惑いを覚える。彼らはどういうわけか、自分たちのことを名前で呼び捨てるように七瀬に言った。てっきりご主人様や旦那《だんな》様などと呼ばされると思ったのに、あまりに『普通』すぎる。

しかし、それもすぐに頭から打ち消した。

「……漣」

今、自分を抱いている漣は支配者なのだ。性奴は支配者の要求に従わなければならない。

七瀬はおずおずと両腕を彼の背中に回し、緩く抱き締め返す。

「いいね」

上気した頬に、漣が唇を押し当てながら囁く。それは妙にくすぐったい気分だった。

「うんっ…、あっ！」

七瀬の中で男根が動き、奥から入り口までを擦り上げられる。蕩けるような快感がそこから湧き上がって、足の先にまで広がっていった。ぐちゅん、という音が聞こえるたびに、恥ずかしくてたまらなくなる。

「ああ、あっ！　そ…んなに…ぃっ！」

漣の動きは乱暴ではないが、容赦がなかった。彼はとっくに七瀬の弱い場所を把握《はあく》しているらしく、そこを狙って的確に突いてくる。漣が腰を引き、再び根元まで突き入れられるたびに、肉体の奥がきゅうっと収縮した。

「ふ、う…あっ！　ああんっ…！」

七瀬は漣に縋りつくようにして快楽を訴えた。彼の、景彰ほどではないがしっかりとした骨格としなやかな筋肉のついた肉体が七瀬を屈服させる。覚えたての技巧でなんとか反撃しようとするも、悔しいが到底太刀打ちできない。

「今の…いいよ。根元から締め上げられるみたいだ」

「あっ、んあっ、ああっ！」

お返しとばかりに敏感な場所をぐりぐりと抉られて、もう七瀬は息も絶《た》え絶《だ》えだ。思わず背中に這わせた手で爪を立てると、耳元で漣が小さく笑う。

「ま、また、いく…っ」

「いいよ。七瀬がイくところ、見るの好きだ」

「やっ、やあっ、見な…っ、ああっ…！」

がくん、と身体が揺れ、七瀬は無意識に漣にしがみついて絶頂を迎えた。


さんざんイカされて、ぐったりとベッドに伏せっていた七瀬は、漣に軽々と抱き上げられて、驚いて目を開けた。

「風呂に行こう。そのままじゃ気持ち悪いだろ？」

確かに七瀬の身体は、互いの体液やら何やらでべたべたになっている。洗うのはやぶさかではないが、まるでお姫様のように抱かれているこの状況はどうにも抵抗があった。

「……っ、下ろせ」

「まだ動けないだろ？」

行儀《ぎょうぎ》悪く足でバスルームのドアを開け閉めした漣は、床の上にそっと七瀬を下ろす。シシャワーを適温に調整した彼は、それで七瀬の身体を丁寧に洗ってくれる。自分で洗うと言っても聞く耳を持たず、まるで恋人同士のじゃれ合いのように互いに石鹸《せっけん》まみれになって欲望の残滓《ざんし》を洗い流した。漣は終始楽しそうで、そんな姿はやはり年齢よりもどこか子供っぽく見える。

――覚悟していたのに。これじゃ、調子が狂う。

確かに漣はセックスのときは容赦なく責め立ててくるが、肉体を傷つけたりするようなことはしない。それは七瀬が従順であろうとしているからかもしれないが、終わればこんなふうに労《いたわ》りにも似たケアをしてくれる。

これが彼らのいう調教なのだろうか。

確かに肉体はどんどん開発されていっているという自覚はあるが、甘やかされてばかりだと、自分が本当に奴隷のように扱われたときに耐えられるのだろうかという不安が増す。

だが漣はそういったことを考えているのかいないのか、七瀬と一緒に入ったバスタブの中で機嫌《きげん》よさそうに鼻歌まで歌っていた。

「七瀬は、僕と兄さんとどっちが好き？」

「……なんだって？」

ふいに聞かれた質問の意味がわからず、七瀬は半ば呆《あき》れながら問い返していた。

「三人でする時も、僕たち二人がすることに同じくらい感じてるでしょ？　だったら後はもう好みの問題かなあって。で、どっち？」

こういうことを本気で聞いてくるのなら無邪気すぎる。だが漣の場合、時にそれが子供のように残酷だから怖いのだ。

「俺があんたたちに好意を抱《いだ》いていると思ってるのか。あいにくだがそこまでおめでたくできてはいないな」

「あ、やっぱり怒ってるんだ」

怒っているとかそういうレベルではないのだ。いきなり裸にされて媚薬を使われ衆人環視の中で犯され、次は拷問のようなセックスをされ、あげくの果てに性奴隷として調教を受けている。そういう状況で、まるで学生のお喋りのようにどっちが好きかなんて、考えられるわけもない。

「……本当にあんたたち兄弟はわからない。見た目は全然似てないくせに」

「だって腹違いだし」

けろっとした口調で漣が答えた。

「僕たちの父親っていうのが結構《けっこう》えらい人で、家庭はそれなりに複雑だったよ。そんな中で僕たちは小さい頃からよく一緒に遊んだんだ。おもちゃの取り合いなんて一度もしたことなくて、いつも二人で仲よく分け合った」

「だから俺も仲よく二人で分け合うのか」

「うん、そうだよ」

漣はまるで悪びれずに言う。

「でもたまにはお気に入りのおもちゃを独占したいときだってある。そういうのは、大抵、一目見てすごく気に入ったやつなんだけど」

彼の指が七瀬の濡れた髪を柔らかく梳《す》いてくる。それは心地よくて、決して嫌なものではなかった。だが、時が来たら、自分はきっと彼らの命令通りに他の男に抱かれることとなるのだ。

今の状態で彼らに気を許しても、つらいだけだ。

「見た目なんかじゃない。単に使い心地がよかっただけだろう」

「それもある。でも僕は見た目も重視なんだ」

少しぬるめの湯が疲労した身体を温め、気《け》だるい感覚が押し寄せてくる。七瀬は目を閉じ、うつらうつらと眠った振りをして、それ以上漣を見ないようにした。

「今日の仕事にお前も連れていく。支度してこい。この間買ってやった明るめのグレーのスーツがあるだろう。あれを着るといい」

ある日、景彰に突然そんなふうに言われ、七瀬は戸惑いを隠せなかった。

「仕事って」

「ちょっとした取引だ。お前は座って澄ましてりゃいい。その顔があれば、愛想なんかなくても充分だ」

「………」

とうとう来たのだ、と七瀬は思った。

多分、自分は今夜客を取らされるのだろう。思ったよりも早かったが、ここ数日で自分の調教はかなり進んでいる。もう媚薬の力を借りなくとも、一度触れられれば容易く堕ちてしまうだろう。

それでも自分は逆らうことができない。

七瀬は唇を噛み締めると、部屋に戻り着替えを始めた。先週二人に連れ出された店で買い与えられた服の中の、景彰が指定したと思われる一着をクロゼットから取り出す。服を着ている間も、緊張による身体の強張りを解くことができない。

七瀬はここに来てから、彼ら二人によって大切に飼われていた。劣悪《れつあく》な環境に置かれることもなく、上等な服と食事を与えられ、ただ丁寧にその身を拓《ひら》かれる。過ぎる快感は確かに時につらくもあったが、肉体は次第にそれを受け入れている。おかしな話だが、七瀬の中に彼らに対する妙な信頼が芽生えてきていて、身体を傷つけられることはないだろうとも踏んでいた。

だから、他の男に抱かれることが、怖い。それは、この取引を持ちかけた当初とは、比べ物にならないほどだった。

着替えを終えリビングに戻ると、景彰は片手をポケットに突っ込み、窓の外を眺めていた。長身を引き立てるダークカラーのスーツの下には、惚れ惚れするほどの筋肉がついていることを、七瀬は身をもって知っている。

「これでいいのか」

振り返った景彰はしばし七瀬を眺め、わずかに目を細めた。それからおもむろにこちらに近づいてくると、七瀬のネクタイを整える。

「いいな。上出来だ」

満足げに頷く景彰に、自分は売られるのかとも聞けず、七瀬は視線を逸らした。

「行くぞ」

背中に手を添えて促す仕草は、まるでどこか遊びにでもエスコートするかのようだ。

そんな彼の仕草に、胸の中に風が吹くような思いが湧いていることを、七瀬は知られたくない、と思った。

自分は、彼らにとって商品でしかないのだから。

車に乗せられて連れてこられたところは、都内の高層ホテルのラウンジだった。もっとあやしげな店での取引をイメージしていた七瀬は、その意外さに少々面食らう。

だが個室に通された時、七瀬の目にまず飛び込んできたのは三人の黒服の男だった。場所を考えたのか、一見して堅気《かたぎ》を装《よそお》ってはいるが、入室する景彰と七瀬に向けられる鋭い視線は裏の世界で生きる者にふさわしい険《けん》をはらんでいる。上から下まで値踏みするように眺められ、七瀬の背に悪寒《おかん》にも似たものが走った。

「大丈夫だ。普通にしていろ。ここでは何もされない」

そんな自分を気遣ったのか、景彰が小さく声をかけてくる。彼は重々しい空気などまるで感じていないかのように中央のテーブルに進み、どっしりとした革のソファに座っている男に一礼した。

「ご無沙汰《ぶさた》しております。郭《かく》社長」

「やっとヘヴンマスターのお出ましか。相変わらず君のところは面倒でいかんな。もっと気軽に取引できるようにならんかね」

郭と呼ばれた男は、つるりとした平面的な顔立ちで、細い目を持っていた。名前の響きと言葉の中の訛《なまり》で、大陸の方の人間かもしれないと七瀬は踏む。入り口に立っていた男たちは、この郭の部下のようだった。

「気軽に売買できるものはあいにくと取り扱っておりませんので、ご面倒おかけします」

慇懃《いんぎん》に返す景彰に、郭はフンと鼻を鳴らす。景彰が対面のソファに腰を下ろしたので、七瀬は続いて隣に座った。それと同時にホテルのボーイが入ってきて、恭《うやうや》しく礼をした後、ウイスキーグラスを郭と景彰の前に置く。七瀬の前には、白く泡を弾けさせているシャンパンが置かれた。

「そちらの綺麗どころは？」

郭の視線が七瀬に向けられ、ゆっくりと息を呑んだ。

「うちの秘書です。まだ研修中ですが」

「ほう」

好色な視線が七瀬の身体を這い回る。スーツを通して素肌を舐め回すようなその目に、膝に置いた手が微かに震えた。

「社長。さっそく本題にかかりたいと思いますが」

「ん……ああ、そうだな」

促された郭は、取り繕うように一度咳払《せきばら》いをすると、景彰に向き直る。

内心ほっと息をつきながら、景彰が自分のことを秘書だと言ったことに、七瀬は少なからず驚きを覚えていた。もしかしたら彼は、自分を郭に抱かせる気がないのだろうか。

だが、秘書というのが娼婦の隠語《いんご》であるということも考えられる。どちらにせよ、七瀬にとっては気を揉むことには違いない。いっそこの男と寝ろとはっきり言ってくれれば、覚悟も決まるというのに。

七瀬がそんなことを思っているうちに、二人は取引の話を始めたようだ。彼ら兄弟は性奴斡旋や媚薬の販売だけでなく、賭博場《とばくじょう》なども手がけているようだが、今日の取引はやはりあのエンジェルヒートだった。郭は、景彰に卸値《おろしね》を三十パーセントほど下げろと言ってきている。

「それはちょっと難しいですね」

景彰は渋《しぶ》い顔も見せず、あくまで淡々と告げる。

「うちはあの薬をかなり手広く扱っている。エンジェルヒートがここまでこの世界で認知されたのは、私が貢献《こうけん》したからだ」

早口でまくし立てる郭に対し、景彰はどこか鷹揚《おうよう》にそうですね、と頷いた。

「郭社長のためにも、商品の質を落とすわけにはまいりません。コストを下げて品質が悪くなれば、それは結局社長のお名前にも傷がつくことになります」

きっぱりと切り返されて、郭は唸りながら言葉に詰まる。七瀬は半ば冷や冷やしながらそのやり取りを眺めていた。景彰の言葉は丁寧だが、一分の付け入る隙もない。

「この価格で納得されないというのであれば、残念ながらこちらも商品の出荷を他へ回すしかありません。ですが社長のところとは今後ともぜひお付き合いしたいと思っております」

緊迫した空気に、七瀬は口にしたシャンパンの味さえもよくわからなかった。だが郭はしばらく腕組みをして考えると、やがて不承不承《ふしょうぶしょう》頷く。

「わかった。これまで通りの価格で買い取らせてもらう」

「ありがとうございます」

景彰が頭を下げたと同時に、郭はもう用はないとばかりに立ち上がった。だが、その目がふと七瀬を捉え、ニヤリとした笑いを浮かべる。

「時に、その美しい秘書と二人で話でもしたいものだな。どうだね」

七瀬は反射的に身体を強張らせた。彼がイエスと言えば、自分はこの男に抱かれることとなる。相手に条件を呑ませたのだ。その見返りとして、接待をするのは商売として妥当《だとう》な線だろう。

七瀬は観念して、景彰の言葉を待つ。しかし彼が発したのは、意外な言葉だった。

「申し訳ありません。社長のお相手を務《つと》めさせていただくには、まだ躾《しつけ》が行き届いてませんので」

「――」

七瀬は思わず顔を上げて、景彰を見た。何食わぬ顔をしている彼とは対照的に、郭はあからさまにつまらなそうな顔になり、鼻を鳴らして背中を向ける。部下と一緒に部屋を出ていくその様を、七瀬は景彰と一緒に見送った。

「いいのか」

「何がだ」

二人きりになった途端、七瀬はいてもたってもいられずに景彰に問い質《ただ》す。

「俺はてっきり、あの男と寝るものと思っていた」

「そうしたかったか？」

からかうように言われて、七瀬はムッとして景彰を見返した。

「気が変わった。あれでいいんだ。ゴリ押しが通ると思われたら、舐められるばかりだからな。こっちが気を使うものだとは、思わせない方がいい」

そう言われてしまえば、この世界の駆け引きなどわからない七瀬には、そういうものかと頷かざるを得ない。すると、景彰は懐《ふところ》から一枚のカードキーを出して七瀬に見せた。

「実はそのために別室を押さえておいた。無駄にするのもなんだから――泊まるか？」

どこか悪戯《いたずら》っぽい景彰の表情に、七瀬の顔が熱くなり、鼓動が速くなる。身体が感応したように腰の奥がずくん、と疼いて、自分のその反応に戸惑った。

「それと、お前のシャンパンにエンジェルヒートを仕込んだ。そろそろ効いてくる頃だが、ベッドの上で俺に慰《なぐさ》めてもらった方がいいんじゃないのか？」

「な――――」

先ほど味もわからずに流し込んだシャンパン。あの中に、媚薬が入っていると教えられ、自覚した七瀬ははっきりと身体の変化を感じ取ることになった。

「……あんたは、本当に憎たらしい」

「褒め言葉だと受け取っておく」

七瀬は目元を染めながら景彰を睨みつける。胸の響きが大きくなっているのも、顔が赤いのも媚薬のせいなのだ。

景彰が他の男に抱かせないでくれたからではない。

そう決めつけ、七瀬は力が抜けかけた足で立ち上がり、景彰に身体を寄せた。


ベッドサイドの明かりだけをつけた部屋で、七瀬は床にひざまずき、景彰のものに奉仕を施す。まだお互い服を着たままのその行為は余計に淫靡に感じられ、七瀬の興奮を大きくしていった。

「ん、ん…っ」

　口に余るほどの大きさのものを必死にしゃぶり、舌を絡ませていく。景彰の手は七瀬の頭に軽く添えられ、時々頭を撫でたり、耳や首筋を愛撫していった。

　口の中のものは雄々《おお》しく勃ち上がり、力強く脈打っている。わざと舌を大きく突き出し、裏側を舐め上げた。熱いため息が上から降ってきて、七瀬は閉じていた目をうっすらと開けて景彰の様子を窺う。

「だいぶうまくなったな」

　七瀬はといえば、媚薬を盛られてしまったせいで、さっきから身体の芯が疼いてたまらない。経口《けいこう》からの摂取で、粘膜に直接塗られたときほどの劇的な作用はないが、その代わり内からじわじわと侵されているような感覚があった。

「もう我慢できないか？」

　景彰の先端を口に頬張りながら、目線を上げてこくこくと頷く。教えられた媚態は男を満足させたようで、七瀬は服を脱いでベッドに上がるように言われた。景彰もまた、隣のベッドに無造作に服を投げ捨てていく。

「尻をこっちへ向けろ。お前も舐めてやる」

「あ……」

　互いに奉仕し合う姿勢に、恥ずかしさで喉が鳴った。だが拒《こば》む術《すべ》はなく、七瀬は男の目の前にすべてを曝《さら》け出すように跨《また》がり、そそり立つ剛直に再び舌を這わせる。

「────んんっ！」

すでに硬くしている股間のものを捉えられ、同じように咥えられて、白い尻がびくりと跳ねた。緩急をつけて巧みにしゃぶられると、下半身が痺れて何もできなくなるほどの気持ちよさに襲われる。

「あ、あぁぁあ…！」

七瀬は奉仕を中断せざるを得なくなり、喉を反らして喘いだ。手はかろうじて彼のものを握っていたが、愛撫するどころではない。

景彰はお構いなしに七瀬のものに舌先を這わせ、先端をくすぐるように責めてくる。指先は双丘を押し開き、ひくつく後孔を優しく揉みしだいていた。

「ふ、うんっ！　んんんっ！」

シーツの上に立てた膝が震え、内股がぶるぶると痙攣する。蜜液が滲む小さな孔に舌先を捻じ込むようにされると、頭が真っ白になった。

「あ、あ、ひ、ああっ！」

「どうした。止まってるぞ」

言われて必死に舌を動かそうとするが、一方的に翻弄されるばかりだった。それでも目尻に涙を浮かべながら頭を上下させていると、後孔を嬲っていた指先がつぷりと中へ這入《はい》

ってくる。

「ふぅんっ！　んっんん…っ！」

もう我慢できない。

「あふ、あっ、だ…め、あっ！　い、いくっ…！」

七瀬はそのまま背中を反らせ、景彰の口の中に射精してしまった。

「あ、ああ、ああ…っ！」

ぎゅっと吸い取られるような感覚に、眩暈《めまい》すら感じる。景彰の上でひくひくと腰を動かしながら、七瀬は絶頂の余韻に震えていた。

「やれやれ、お前だけ楽しむなよ」

「あ……あ、ごめん、なさ…っ」

だが景彰の声には咎《とが》めるような響きはなく、どこか楽しんでいるようにも聞こえる。

「こっちを向け」

言われるままに力の入らない身体を反転させ、彼の方に向き直ると、紅潮した頬を大きな手で撫でられた。

「そのまま入れてみろ」

ゆるりと腰をなぞられて、男を受け入れることに慣れた部分が疼く。七瀬は腰を上げ、景彰のそそり立つ凶器の上に後孔の入り口を宛がい、ゆっくりと目を閉じた。

「…は、あ…あっ！」

腰を沈めていくと、ずぶずぶと音を立てながら太い剛直が呑み込まれていく。自分が育てたもので窄まりをいっぱいにこじ開けられる感覚に悶え、入れていくだけで息も絶え絶えだった。

「あっ…、あっ…！　お、大き…いっ！」

「大きいのが好きか？」

「あんんっ！　す、好き…いっ」

自分でも何を言っているのかわからずに、欲情のままに言葉を垂れ流している。七瀬の性器は出したばかりにもかかわらず、快感によってたちまち勃起して天を仰いだ。敏感な蜜口からは愛液が溢れ、屹立しているものを伝い落ちている。

「はあ、あ、は…あ…っ」

根元まで呑み込んでしまうと、七瀬はがっくりと首を落として息を整えた。内壁はもうじんじんと感じてしまっていて、少し動くだけでも堪えきれない快感が襲ってくるだろう。それでも自分で動かねばならないのかと、七瀬は助けを求めるようにちらりと景彰を見た。彼は七瀬と目が合うと、さっさとしろと言わんばかりに顎をしゃくってくる。

「っ……！」

七瀬は唇を嚙むと、そろり、と腰を持ち上げた。内壁が引き攣《つ》れるような甘い感覚に声を上げそうになる。そしてまた自ら突き入れるように身体を落とすと、擦り上げられた粘膜が強烈な快感を訴えてきた。

「あっ、あぁあっ！」

恍惚に包まれた七瀬の肉体は、快楽を追うことを止められない。景彰に見られているのを感じつつも、はしたなく腰を上下させては濡れた声で囀《さえず》った。彼の両手が支えるように腰骨のあたりにそっと添えられる。

「回すように動いてみろ。お前のイイところに当てて……、そうだ」

「はっ、あっ、はあぁあ…んっ！」

男根を深く呑み込んだまま、景彰の上で腰を回すと、張り出した部分がぐりぐりと急所に当たるのがたまらない。

「ああっいいっ！　き…気持ち、いっ……！」

中を固く引き絞《しぼ》ると、貫いている彼の形までもがはっきりと認識できる。景彰の両脇に手をつき、上体を崩れさせた七瀬は、衝動《しょうどう》のままに彼の唇に自分のそれを重ねた。

「は、んんっ、ん…っ」

おずおずと舌を差し入れると、熱い舌がすぐに迎え撃ってくる。口腔の敏感な部分を舐められ、吸われて、七瀬は腰を揺らしながら甘いうめきを漏らした。濡れた粘膜の立てる音が、上と下、両方の口から響いている。

「ん、ふう…んっ、んっんっ」

ふいに乳首に触れられ、七瀬は背中を震わせた。そこは肉体の中でも最も感じやすい部分のひとつになっていて、少し触られるだけでも我慢できない。

「すっかり淫乱な身体になったな」

ぷっくりと赤く腫《は》れ上がるまでそこを指先で弄びながら、景彰が感心したように呟く。

「…っ、満足、か…?」

「そうだな」

男っぽく整った顔が、ふっと笑みを浮かべる。それがひどくセクシーだ、と思った時、七瀬は身体の芯がますます熱く疼くのを感じた。内壁が男根をひくひくと締めつけてしまい、反応が彼に筒抜《つつぬ》けなのが悔しくてたまらない。

「もっと淫乱になって、俺たちを喜ばせてみろ」

「あっ!」

急に下から強く突き上げられ、七瀬は息を呑んで瞳を見開いた。脚の間で放っておかれていた性器を扱かれて、腰から下が熔けてしまいそうな感覚に襲われる。

「はあっ! あっ、ひ…っ、あ、いや、強すぎっ…!」

ガクリと肘《ひじ》が折れて、七瀬は景彰の首筋に顔を埋《うず》めるような体勢になってしまう。腰だけを上げたまま、長大な男根に敏感な後孔を突かれ続けた。

「あう、あ、だ…め、いくっ、イくから…っあっ！」

「……そんなに可愛い声を出すな」

どこか色めいた声が耳の中に注ぎ込まれた瞬間、七瀬は全身を揉み絞るようにして極めた。

「あ、あ、あぁぁっ…あっ」

強く締めつけられた景彰も同時に達したらしく、奥に熱い迸《ほとばし》りが叩きつけられる。

その感覚にすら小さく喘いで、七瀬は自分を肉欲の渦《うず》の中に叩き込んだ男の上で、力なく意識を手放していった。

「え、じゃあ郭さんの相手しないでそのまま二人で泊まったわけ？」

「交渉の流れでそうなっただけだ」

三人でダイニングテーブルを囲んでいる夕食の席で、先日の報告を受けた漣が少しばかり不満そうな顔を見せている。

「いや、七瀬にあんなサルオヤジの相手なんかさせなくたっていいけどさ」

七瀬の持った漆塗《うるしぬ》りの箸《はし》の先がぴたりと止まった。

なんだろう。この感覚は。

今自分は、漣の言葉に対し、嬉しいなどと思わなかったか。

「ってことは、二人で楽しく過ごしたんだ。いいなあ……」

秀麗《しゅうれい》な眉をしかめてぼやくように呟いた漣は、手に持った椀《わん》から味噌汁《みそしる》を啜った。

問題にすべき点はそこなのか。

七瀬は疑問に思いながらも、玄人《くろうと》っぽく盛りつけられた芋《いも》の煮付けを口の中に入れる。

テーブルに並べられた純和風の料理は、すべて景彰の手によるものだ。以前料理が趣味だと言っていたが、その腕前は今すぐにでも店を出せるのではないかと思うほどだった。

人は見かけによらないというが、それは漣に関してもいえるだろう。彼は服を脱いでもそのへんに放りっぱなしにしておいたりして、意外と行儀が悪い。

こうして彼らの元に置かれ、共に過ごし、いろいろな面がわかってくるにつれ、七瀬は不思議な連帯感のようなものを抱き始めていた。しかしまるで家族のような光景であっても、そこにいるのは得体の知れない組織の頭二人と奴隷である自分なのだ。そのことを思い出すたびに、七瀬は違和感を覚える。

何をやっているんだろう、俺は。

病床の母のためと身を落とす決心をしたが、次第にその環境に慣れていく自分を認識する。

人はこうやってどんな環境にも順応していくものなのかと、七瀬は自嘲にも似た思いで二人の男をぼんやりと見やった。

いや、そもそも、彼らこそが、七瀬のことをどういう位置づけで扱うつもりなのか。性奴隷にすると最初に告げられたからそのつもりでいたのに、今のこの状況といい、どうも肩透かしを食らうようなことが多い。確かに毎夜のように二人に、もしくはどちらかに抱かれてはいるが、これでは奴隷というよりはまるで――――。

「七瀬？」

物思いの元凶《げんきょう》に声をかけられて、七瀬はハッとして顔を上げた。

「どうした？」

「……あ、いや……」

「どこか調子悪いのかな？」

医者である漣が、七瀬の頬や額にぺたぺたと触れてくる。その感触に肩を竦め、七瀬はそっと息を吐き出した。

「大丈夫だ。なんでもない」

漣の手から身を引いて、七瀬は頬の熱さを隠す。この熱さは発熱から来るものじゃない。それをわかっていて、自分の心がどこへ向かっているのか、認めがたかった。

――――これは錯覚なのだ。

よく聞くじゃないか。誘拐《ゆうかい》などで犯罪に巻き込まれた拉致《らち》被害者が、『犯人は親切だった』とかいう話を。確かストックホルム症候群とかいったか。

きっとそれと同じで、思いのほか優しくしてもらっているうちにほだされてしまっているだけなのだ。

思い出せ。彼らがあんなに容赦のない、最低なやり方で自分を犯したことを。

自分がここにいるのは、逆らいようもない条件で縛りつけられているからだということを。

その時、七瀬は必死に自分に言い聞かせながら、ともすれば独《ひと》り歩きしそうになる感情を引き戻そうと足掻《あが》いていた。

それから二日も経った頃だろうか。七瀬は起き抜けにシャワーを浴びていた。

昨夜は景彰と漣が泊まっていって、いつものように二人がかりでさんざん鳴かされた後、彼らが見ている前で自慰《じい》をさせられた。

エンジェルヒートを使うことは滅多《めった》になくなった。使うのも、精路を責められるなど、特別な場合のみだ。七瀬の身体が媚薬に頼《たよ》らずとも敏感になり、一度触れられればスイッチが入ったように火を噴きだすようになったからだろう。少し前までの、男同士のセックスなど何も知らなかった時とは雲泥《うんでい》の差だ。

しかもそんな自分の肉体の変化を、七瀬は少しずつではあるが受け入れ始めている。

最初の頃は朝になれば死ぬほどの自己嫌悪に苛まれていたものの、今はこうして泣くことも頭を抱えることもなく、体内に出された精液を始末することすらできるようになっていた。

いよいよ、性の奴隷に近くなってきたということか。

どこか淡々とその事実を受け止めて、七瀬は一通り身体を洗うとシャワーの湯を止めた。

浴室の扉を開いてタオルに手をかけた途端、廊下へと続くドアがノックもなしにいきなり開く。

「あ、出た？」

「――――っ」

突然の漣の乱入に、引き寄せたタオルで思わず裸身を隠す。普通の関係なら男同士で気にする方がおかしいが、性の対象にされているのだから話は別だ。

だが、漣はその場の空気などまるで読まないような口調で言い放った。

「出かけようよ。普段着を着ておいで」

「……え？」

普段着？　仕事ではないのだろうか。

一瞬、理解できずにぽかんとしていると、漣がタオルで七瀬の髪を手際よく拭《ふ》いてくれた。

「仕事じゃないよ。遊び」

「……どうして俺まで？」

彼らの気まぐれには慣れたつもりだが、遊びに行くのにどうして自分を連れていくのか、腑《ふ》に落ちない。だが、主人の命令は絶対だ。七瀬は言われるままに部屋に戻り、ジーンズとコットンのシャツなど、ラフな服を選んでそれを着た。

それから二人に連れ添われて、地下の駐車場へと行く。彼らは車を何台か所有していたが、それらはまったくバラバラな車種やタイプで、用途によって使い分けているようだった。先日景彰に連れられて商談に赴《おもむ》いた時の車はベンツだったが、今日は中が広々としたワゴンに乗車する。

「……どこへ行くんだ？」

「そうだな。海の方でも行ってみるか」

恐る恐る七瀬が聞くと、景彰がのんびりとした口調で答える。どうやら本気で遊びに行くようで、七瀬は頭の中が疑問符でいっぱいになった。

それでも、外はいい天気だ。

もうそれほどシビアに監禁されているわけでもない七瀬は、外出も許可されていた。自分が抱える事情から、逃亡することはないと踏んでいるのだろう。それでも、彼らしからぬ、どこか甘い処置だとは思っていたが。

だが、七瀬はこれまで、ほとんど外に出ることはなかった。もともとインドアな性質だというのもあるが、こういう状況になってからというもの、自分が世の中にとって異物であるような気がして、それを思い知らされるのが少しつらいからだ。

まだ昼には少し早い時間だったが、国道沿いのカフェで昼食をとり、海岸線を目指した。

運転は景彰が受け持っており、七瀬と漣は後部座席にいる。

やがて長いトンネルを抜けた後、視界の先に唐突に海が広がった。

「――――」

陽《ひ》の光が海面に反射して、きらきらと光っている。瞼《まぶた》に痛いほどに眩しいそれを受けて、七瀬は一瞬、目を眇《すが》めた。

「久しぶりだね、こっちに来るの」

「ああ、俺も日本に戻ってきて以来だな」

漣から聞いた話だが、景彰は以前、傭兵《ようへい》としてあちこちの軍隊に配備されていた経歴があるという。彼の動じない態度はそこでの経験に基《もと》づくものなのかと、七瀬はそれを聞いてひどく納得した。

「懐かしいね。子供の頃よくここに来た」

　どうやらこのあたりは二人が子供時代を過ごした場所であるらしかった。七瀬はそれまで黙っていたが、これくらいは聞いていいだろうかと口を開く。

「あんたたちは、一緒に育ったのか？」

「ああ、うん、十年くらいかな？　一緒だったよね」

「父親の本宅がこの近くにあってな」

　母親が違うという彼ら兄弟の父親は、かなりの実力者だったという。本妻か愛人か、それとも愛人同士の子供だったのかは知らないが、そういった立場の実子を一時期とはいえ一緒に住まわせるとは、おそらくその父親はいわゆる普通の立場の人物ではあるまい。

「だんだんわかってきたか？　俺たちのこと」

　景彰がハンドルを握りながらからかうように七瀬に言った。

「……俺が想像していた以上の複雑さだな」

　七瀬の返事に、漣がおかしそうに笑った。

「そうでもないよ。複雑だったのは、跡継ぎ問題の時だけだったかな。それ以外は、結構楽しく暮らしてた」

　ということは、彼らは家を継がなかったということだろうか。

「これ以上揉めるのも面倒になって、二人で相談して相続を放棄《ほうき》したんだ」

二人は明確なことは言わなかったが、また少し彼らの背景が見えたような気がして、七瀬は認識をさらに補正する。

そう、捕らえられた日から今日まで、七瀬は二人に対する印象や感情が、自分の意思にかかわらず、少しずつ変化していくのを感じていた。そしてその行き着く先が、ひどくやっかいな場所に向かおうとしていることも。

「着いたぞ」

車は木立の中に目立たないように止められ、それと同時に漣が勢いよくドアを開けて外へ出た。

「早くおいでよ、七瀬」

手を引っ張られ、強引に車の外へ連れ出される。景彰はエンジンを切ってから、煙草《たばこ》に火をつけてその後をのんびりとついてきた。

潮の香りがいっぱいに押し寄せてくる。

遠くに船影が見え、水平線をゆっくりと横切っていった。

ふと気がつくと、漣は地元の女の子らしきグループと遊んでいた。彼女たちが連れている犬とフリスビーを投げ合って騒いでいる。いつの間に、と思うほどの早業《はやわざ》だった。

「あいつはいくつになっても落ち着かないな」

やや呆れたような口調でぼやきながら、景彰が近づいてきた。風に乱れる髪を押さえながら七瀬が振り向くと、座らないか、と促される。

　ベンチなどという気のきいたものはなかったので、二人は漣がいる集団から少し離れた浜辺に直接腰を下ろした。

　景彰が七瀬の横で、黙って二本目の煙草に火をつける。

　のどかだ。

　自分があやしげな組織の捕らわれ者で、そして隣にいるのがその張本人でなければ、このまま昼寝でもしかねないほどのシチュエーションだろう。

「なんでこんなことしてるんだ、とか思ってるだろ」

　ズバリと胸の内を言い当てられ、七瀬はややムッとして横目で男を見た。

「そんな顔するな。俺たちもこういう状況は初めてだ。奴隷を手元に置くなんてな」

「なら、いつ飽《あ》きられて始末されるかわからないということだな」

　この状況が彼らの気まぐれだとすれば、七瀬の先行きはさして明るいものではない。先日、あの郭とかいう中国人の相手をさせられなかったのが、本当にまだ躾が足りないという理由であれば、自分は商品としてあまり出来のいい方ではないのだろう。今は玩具として遊ばれていても、いずれ彼らの気が変われば、不特定多数の男たちの慰み者になるか、あるいは外国にでも売り飛ばされるか――。

「楽観的でない割に哀願してこないんだな」

「いや、そうなったら耐えられる自信はない。だから、あんたたちが飽きたときは殺してほしい。できたら一思いに。俺が死ねば、叔父が母を狙うこともなくなるだろう」

「……えらく肝《きも》が据わってることだな」

景彰の言葉に、七瀬は柔らかく笑みを浮かべる。

「まさか。耐えきる覚悟がないからさ。あんなこと――」

彼らでなければ、耐えられない。

そこに至った時、七瀬は自分の心中に大きく瞳を見開いた。

では、この男たちならばいいというのか。

恥ずかしい姿を晒し、身体の中まで暴かれ、その口から無理やり卑猥な言葉を引き出されて。

そんな死ぬほどの恥辱を強《し》いている男たちと、こうして並んで海を眺めているくらいには、自分はそれを受け入れているのだろうか。

七瀬はよくわからなくなって、軽く頭を振りながら立ち上がる。その場で靴と靴下を脱ぎ、ジーンズの裾を膝のあたりまでまくり上げると、景彰が呆れたような声を出した。

「かなり冷たいぞ」

「すぐ戻ってくる」

冷たい海水に足を浸《ひた》せば、混乱した頭もすっきりするだろうか。

波打ち際に立つと、濡れた砂のひやりとした感触が伝わってくる。やがて押し寄せてきた波が素足を濡らすと、キン、とした感覚が爪先から伝わってきた。初冬の海の予想以上の冷たさに、七瀬は身を竦ませる。

「……っ」

だが、七瀬はそれでも構わず、もう少し海の中へと入ろうとした。波は足首を超え、ふくらはぎを包み、その飛沫《ひまつ》で今にもデニムを濡らそうとしている。

凍《い》てつくような冷たさが、ぴりぴりと爪先を痺れさせた。鈍痛さえも覚えるそれに、さすがにそろそろ上がろうかと七瀬が片足を引いた時、足元がさらわれていくような感覚に、ふいにバランスを崩す。

「わ、あ……っ！」

まずい、と思った時にはもう遅くて、次の瞬間、七瀬は打ち寄せる波の中に思い切り転倒していた。間の悪いことに、そこに一際高い波が押し寄せてきて、立ち上がる暇《ひま》もなくそれを頭からまともに被ってしまう。

「七瀬！」

景彰が自分を呼ぶ声が聞こえ、それと同時に七瀬は波の中から引き上げられた。白いしぶきの届かないところまで抱き上げられ、砂浜の上にそっと下ろされる。

「何やってるんだ。水飲まなかったか？」

「すまない――」

髪も服もずぶ濡れになってしまった。まったくひどい醜態《しゅうたい》を晒したものだ。吹きつける冷たい風が体温を奪《うば》って、ぶるっ、と肩を震わせる。すると肩にふわりと何かがかけられ、七瀬は顔を上げてそれを見た。

景彰が上着を脱ぎ、それを自分にかけてくれたのだ。厚手のジャケットの襟《えり》を摑みながら、七瀬は思わず彼の顔を見上げる。

「風邪《かぜ》をひくぞ」

「あ……、ありが……」

戸惑いながらも礼を言いかけた時、事態を察した漣が向こうから走ってやってきた。

「大丈夫!?」

景彰の手を借りながら立ち上がり、七瀬はバツの悪い顔を漣に向ける。いい年をして海で遊んで転んだなどと、あまり褒められたものではない。

「大丈夫だ。水は飲んでないらしい」

「このあたりは遊泳禁止なんだよ。急に深くなってるところもあるからさ――。まあ、ともかく、無事ならよかった」

二人の態度と口調からは、本気で自分のことを気遣ってくれる様子が感じられた。やはり、こういうのはいたたまれない。気を許してはいけないはずなのに、どうかすると彼らに心まで委ねてしまいそうになる。

「とりあえず、服を乾かさないとな」

七瀬を助ける時に、景彰は自分も波に濡れてしまっている。そんな中で彼は自分の上着まで七瀬に与えてしまったのだ。慌ててそれを返そうとすると、景彰にいいから、と押し止《とど》められてしまう。

「大丈夫。兄さんはそれくらいじゃ風邪なんかひかないから」

「でも――」

「漣の言う通りだ。車に戻るぞ」

肩を抱かれ、有無を言わせず七瀬は元来た道へと促される。漣はこちらの様子を窺っていた女の子たちににこやかに手を振ると、その後をついてきた。

「感謝の気持ちなら、身体で示してもらうさ」

悪戯っぽい囁きに思わず顔を赤くするが、七瀬は今回だけはと、素直に頷いた。

一番近くにあったホテルに車で乗り入れ、三人して部屋に入る。「こういうところは久しぶりだ」と漣は上機嫌だ。

濡れた服を干してから風呂に入り、充分に身体が温まったところで、七瀬は二人がかりで丹念《たんねん》に身体を洗われた。もちろんただ洗い立てられるだけではない。全身を泡まみれにされた七瀬は、敏感なところを撫で上げ、くすぐってくる手に何度も身体を反らし、甘い声を上げながら二度もイかされた。

「あ…っ、やあっ、んっ、ん…っ！」

浴室の壁に自分の声がやたら反響するのが恥ずかしい。七瀬は息を大きく吸い込むように肩を喘がせながら、射精したばかりのものをゆっくり扱いている景彰の指の動きに耐えていた。達した直後のものを、残滓を搾《しぼ》り取るように根元から擦られるのはキツい。おまけに後ろには漣の指が二本入っていて、彼が指を動かすたびに、ぐちゅん、という卑猥な音がそこから響いている。

「ほら、腰を落としたら駄目だよ、七瀬」

「ふ…っ、くぁ…っ」

七瀬はタイルの床に敷いたマットの上に膝立ちになっていた。両側から景彰と漣が支えてくれてはいたが、彼らは同時に七瀬に濃厚な愛撫を施し、腰から力を抜けさせる原因ともなっている。

泡に混じって、吐き出したものが内股を伝い落ちてくる。その感覚にすらビクビクと感じて、七瀬は今にもへたり込んでしまいそうなのを必死で耐えていた。

「…あ…っ、も、だめっ…！」

ガクン、と身体が前のめりになる。

七瀬はとうとう我慢できずに、両手を床についてしまった。

「……これ以上は…、ちから、抜けて…っ」

腰から下が、自分のものじゃないみたいだった。短い間につくり替えられてしまった身体は、ほんの少しの愛撫にも反応して、肉体を痺れさせる。

「仕方がないな」

景彰が七瀬を四つん這いにさせ、シャワーのヘッドを手に取る。すぐに適温の湯がそこから流れ出て、身体の泡を流していく。シャワーの飛沫と、洗うように撫でていく二人の指先にも震えてしまうのが口惜しい。

「前を向け」

後ろから漣に抱かれ、彼の身体にもたれかかるようにして前面を露出させられる。温かい湯と泡を流すように触れてくる景彰の指に、唇を噛み締めながら耐えた。

「感じてるの、七瀬？　洗ってるだけなのに」

「…っ、ちがっ、あっ…」

耳元で低く囁く漣の声に、必死でかぶりを振る。だが景彰の指はもうあからさまに乳首を弄っていて、腹から脇腹にかけて責め立ててくる強い水圧に、腰がふるふると動きそうになっていた。

「ここも、きちんと洗い流さないとな」

「――――っ！」

とうとうその場所へと当てられたシャワーの感覚に、漣の腕の中の身体が大きく跳ね上がる。

「あ、ア、ふぁあっ、あ……っ！」

無数の矢のように責め立ててくる湯は、七瀬の性感をひどくかき乱した。景彰は細かく角度を変えながら弱いところを湯で嬲ってくる。思わず脚を閉じようとすると、漣の手に押さえられて、もっとひどい格好に開かれてしまった。

「ああっ…！」

「ほら、もっとちゃんと泡を流さないと」

後で僕たちが舐めるんだからさ、と続けられ、それを想像してますます熱くなった。興奮して感じるなんて、いやらしい。

湯の矢は、今やそそり立っている性器だけではなくて、最奥《さいおう》の蕾にまで照準を定め、責め立てていた。感じきっている入り口が、激しく蠢いてしまう。

「あう、あ…あ、だめ、…あ、アッ…！」

腰の奥の熱い痺れが、解放を求めて全身に広がる。七瀬は快感に顔を歪めながら、漣の肩に頭を擦りつけるようにして淫らに腰を振り立てた。

「ひ…うっ、あ、や、いっ、イッ…く…！」

こんなことでイッてしまうなんて。

目尻に涙を浮かべながら、七瀬は三度目の抗いきれない快楽の波に呑み込まれた。


乾いたタオルで丁寧に水滴《すいてき》を拭き取られた後、七瀬はくったりと力が抜けてしまった身体を抱き上げられ、ベッドまで運ばれた。そしてそこでまた二人に身体を挟まれ、前後から嬲られてしまう。

「う、あっ！　…ああ、あ…っ！」

後ろから景彰が、七瀬の内部を深く突いてくる。媚薬を使われずともそこは熱く潤んで、侵入してくる男根を貪欲に咥え込んだ。彼はわざとゆっくりと動いて、その大きさと獰猛《どうもう》な形とで七瀬を息も絶え絶えにさせる。

そしてさっきとは逆に前方には漣がいて、細《こま》やかで濃密な愛撫でもって七瀬を翻弄していた。

「…はあ…、は…、あ…っ」

半ば漣の膝の上に乗り上げるような姿勢を取らされ、両腕を彼の首に絡めて縋りついている。その腰を後ろから景彰が抱えて犯しているので、動きに伴《ともな》って下半身が漣に密着していた。刺激によっていきり立つ七瀬の性器に、漣のそれが擦りつけられ、一纏めに握るようにしてぐいぐいと扱き立てられている。

――気が狂いそうだ。

二人に同時に抱かれるときは、快感の量も二倍になる。慣れるに従って与えられる感覚も鈍磨《どんま》していくかと思っていたが、逆に肉体の神経が研《と》ぎ澄まされ、感度は上がっていくばかりだ。

「ああ、んっ！　ん、い…あ、あぁ…っ！」

中を小刻みに突かれ、擦られる粘膜が快感を訴える。漣に捕らえられている性器の先端からも蜜が溢れ出し、彼のものと、絡みつく指を濡らしていた。

「すごい、グチョグチョだよ七瀬。気持ちいい？」

「ふあ…っ、ん、い…いいっ…！」

たまらずに腰を揺らすと、さらに強い悦楽が込み上げてくる。

「こっちも、うねるように締めつけてくる。すっかり奴隷の身体になったな」

前後を同時に責められる快感に恍惚となりながら、ふと七瀬の脳裏に景彰の言葉が切り込んできた。

この肉体は、彼らの思うような、男を悦ばせられるようなものになったのだ。

ということは、いずれ近いうちに客を取らされるだろう。

「七瀬？」

七瀬の様子に気づいたのか、漣が顎をすくい、唇を啄んでくる。

「ああ、ん…っ」

七瀬は自分から舌先を突き出し、淫らに絡めながらその思いを打ち消した。

ここまで堕とされてしまったら、誰に抱かれようが今更なのに。いったい自分は、何にこだわっているというのだろう。

「く…っ」

意識して内壁に力を込めると、背後で景彰が低くうめく声が聞こえた。同時に激しく突き上げられ、背骨が熱く焼けただれそうな快感が脳天まで沁《し》みる。

「はあ、あぁぁんっ！　あ、い…っ、すごいっ…！」

今にもイッてしまいそうな快楽なのに、達することができない。漣が七瀬の性器の根元を指で押さえ、射精を封じているのだ。苦しいはずなのに、それに気づいて一層興奮してしまい、七瀬は舌先でゆっくりと自分の唇を舐める。もう、半分くらいは壊れてしまっているのかもしれない。

「あっ！　ああっ！　ひ…い、くう、ぁ…っ！」

ガクガクと揺さぶられて、あまりの快感の強さに七瀬は啜り泣きを漏らしながら喘いだ。足の爪先までもが愉悦に支配され、もうこの感覚を追うことしか考えられなくなる。

「…ひ……っ！」

内部の奥の方で、景彰が熱い精を吐き出した感触が伝わる。それと同時に性器の拘束が解かれ、身体の中から激しい波が湧き上がってきた。

「ほら、イく顔、見せてごらん」

「あ、い…いい、ああっ！　イ…くっ！　――――っっ!!」

ぐい、と後ろ髪を掴まれ、恥ずかしい表情を暴かれる。七瀬はそれに抗うこともできず、涙と汗と唾液でグチャグチャの顔を晒しながら、漣の手の中に勢いよく白い蜜を弾けさせた。

「――母親のところに、見舞いに行ったらどうだ」

そろそろ初霜《はつしも》も降りようかという時季、ふいに景彰が言った言葉に、七瀬は耳を疑《うたが》って顔を上げた。

「……いいのか？」

正直言えば、母のことはずっと気になっていた。彼らが保護すると言ったからには、おそらく無事でいるのだろう。自分が言うことを聞いている限りは、彼らは約束を守る。そういった意味で、七瀬は二人を信頼していた。

だが、さすがに自分がずっと顔を見せないでいたのでは、母も心配するだろう。心臓を患っているところにそんなことで気を揉ませては病気にも差し支える。だからせめて顔を見せてやりたかったのだが、多分無理だろうと半分諦《あきら》めていた。それが、景彰の方から見舞いに行ってやれと言い出してきた。

どういうことかと探るように彼を見つめると、景彰はふん、と鼻を鳴らし、つまらなそうに言った。

「お前が余計なことを考えずに、俺たちのために尽くせるようにだ」

「でも、俺はまだ……」

そう、七瀬はまだ、一人の客も取らされていない。以前景彰に連れられていった時はそのつもりだったが、結局彼に抱かれて帰ってきてしまった。そして海辺のホテルで彼が言った言葉から、てっきり近々そうなるものだと思っていたのに、依然《いぜん》そういった場面は訪れていない。

「俺は娼婦なのか、それとも囲われ者なのか、どっちなんだ」

自分の立ち位置の不安定さがどうにも気になって、七瀬は二人に訴えかけた。何しろ彼らは自分を抱くだけ抱いて、ちっとも組織とやらのために使おうとしない。最初あれだけ脅《おど》かされて覚悟をした身としては、どうも腑に落ちないことだらけだった。

「七瀬は僕たちよりも、肥えたオッサンとかに抱かれたいわけ？」

「そんなわけないだろう。ただ……」

「客を宛がわれないなら、ラッキーだと思っていればいい。それで、見舞いには行くのか行かないのか、どっちなんだ」

「……行く」

それには異存はなかったので、七瀬は即答した。そしていざ病院へ行く段になって驚いたのだが、まったくの一人で行けるらしい。

「そこまで信頼していいのか？　俺が逃げたらどうするつもりなんだ」

「七瀬が病気のお母さんを置いて逃げるわけないからね。転院させるにしても足がつくし」

それに対する漣の答えはもっともだと思ったので、七瀬は腑に落ちないものを抱えながらも納得して頷く。どちらにせよ、久しぶりの自由な外出は気分転換になりそうだった。せいぜいゆっくりしてこいと送り出され、七瀬はタクシーで病院へと向かった。母が入院している病院は、比較的大きな総合病院だった。

少し外を歩きたい気分だったので、やや手前で降りて、舗道をゆっくりと歩く。冬の冷たい空気が体内の隅々まで行き渡り、セックスに明け暮れていた身体を清めてくれるかのようだった。

――もしかしたら、一人で外に出してくれたのは、彼らなりの気遣いだったのかもしれない。

七瀬はここ最近、あえて閉じ込められずとも、自発的に部屋の外へ出ようとはしなくなった。

何かを思い悩むような顔をしているのを、あの二人には見られてしまっていたのだろう。今思い返せば、あのデートのような海へのドライブも、そういった自分のためだったのかもしれない。

本当に、憎らしいことだ。

苦笑にも似た表情で薄く笑い、七瀬は冬枯れの舗道を一人歩く。

十五分ばかり歩くと、白い病院施設が見える。行き交う人の流れをぼんやりと眺めながら、母に会ったらどう説明したものかと考え始めた。

仕事先が見つかったと言っておくべきだろうか。まさか危険な組織の捕らわれの身になっているなどとは、口が裂けても言えないだろう。

つらつらと頭を悩ませていると、自然に足取りも重くなる。他のことに気を取られていた七瀬は、その時、横から近づいてくる黒い影にはまるで気がついていなかった。

エントランスをくぐろうとしたまさにその時、自然を装って七瀬の背後に立った男が、背中に何かを押しつけながら囁いた。

「宗谷《そうや》七瀬だな」

「!!」

男は横に並び、七瀬の耳元で低く言った。

「一緒に来てもらうぜ」

「……あんたは……?」

背中に当たる硬い感触は、おそらく拳銃《けんじゅう》だろう。後頭部にひやりとしたものが走り、無意識に身体が強張るのを感じた。

「騒いだりしたら容赦なくズドンといくぜ。こっちはずっとこの病院を張ってたんだ」

そのままなんでもない振りをして歩け、と命令されて、七瀬はせっかく来た病院の入り口をUターンして舗道へと戻っていった。

「どこへ連れていくんだ」

「うるせえ。黙って歩け」

男は三十代くらいだろうか。あまり品のよくない服装と雰囲気をしていて、七瀬の知っている誰かを彷彿《ほうふつ》とさせる。そして俄《にわか》に湧いた不安は、駐車場に止められた一台の車に乗せられた時、的中してしまったことを知った。

「……叔父さん」

「よう、七瀬。やっと現れたか」

後部座席に押し込まれた七瀬に、奥側の席に座っていた叔父の六郎が、そう声をかけてきた。続いて七瀬を連れてきた男が隣に乗り込み、両側を固められてしまう。

「ずいぶん乱暴なことをするんですね」

言葉に精いっぱいの険を込め、七瀬は慇懃無礼に言い放った。怖くないと言えば嘘になるが、それよりも叔父とこういった乱暴なことに対する嫌悪の方が強かったのだ。

「いやあ、心配したんだぞ。あれからさっぱり連絡が取れなくなったもんだから。まあ、無事でよかったな」

「無事じゃありませんよ。誰かさんのおかげでね」

「……っ‼　それを言いたいのは俺の方だ‼」

狭い車内で突然怒鳴られ、七瀬は思わず首を竦める。車はとうに病院の敷地を出ていて、どこかへ向かっていた。

「こないだ社長からえらいドヤされてなあ。お前の口から説明してもらわんと、おちおち外も歩けやしねえ」

それを聞いて、七瀬はピンとくるものがあった。

自分から聞き出した情報を元に、おそらく景彰たちが報復を開始したのだ。そのせいで叔父は相当微妙な立場に立たされているらしく、怒り心頭という感じだった。

自分の都合で巻き込んでおいて何を勝手なことをと反論したい気持ちはやまやまだったが、今言えばこの場で殺されかねない。

七瀬は恐怖と怒りの感情を押し殺し、そのまま黙り込んだ。

やがて三十分ほども走っただろうか。車はごみごみした繁華街を通り過ぎ、裏通りのさびれた雑居ビルの前に停止する。

「降りろ」

素直に従って降りると、七瀬は突然両腕を掴まれて後ろ手に縛られ、拘束された。慌てて抵抗すると、さっきの男が再び銃口《じゅうこう》を押しつけてくる。

「おとなしくしろ。逃げられたら困るからな」

「……」

どうやら、事態はかなり深刻らしい。

こんなときにも、七瀬は冷静さを失わずに状況を把握しようとしていた。ステージの上で衆人環視の中で犯され、媚薬を使って調教されるという経験をしてしまっては、もう大抵のことではパニックには陥《おちい》らないと思う。

後ろからこづかれながらビルの薄汚れた階段を上がり、三階の廊下に入る。奥の突き当たりの部屋に、これまた煤《すす》けたプラスチックのプレートが下がっており、そこには『深澤《ふかざわ》商会』と書かれていた。ここが叔父の所属する組の事務所だろうか。

六郎がドアを開け、七瀬を連れて入ると、中にいた数人の男たちがいっせいにこちらを向いた。

「そいつが例の甥《おい》っ子《こ》か、ロク」

皆、品のない色の服をだらしなく着ている。一目で堅気の人間ではないとわかる風体《ふうてい》で、同じ裏の世界に棲《す》む人間でも景彰や漣とは雲泥の違いだと思った。

「ああ、そうだ。社長は？」

「奥にいるぜ」

六郎は頷き、壁の一角にある扉の前まで七瀬を引っ張っていった。叔父と同じヤクザであろう男たちは、七瀬の姿を好奇心丸出しの視線で眺め回す。

「社長、六郎です」

「入れ」

短い返答の後で、社長室と書かれた扉が開かれ、七瀬は叔父と共にその部屋に入った。さほど広くもない部屋に、安っぽい応接セットやら壁掛けやらが雑然と設《しつら》えてある。正面の大きなデスクには、やたらいかめしい顔つきの、小太りの男が座っていた。

社長と呼ばれるからには、ではこの男が叔父の所属する組の組長なのだろう。自分や他の者には尊大な態度を取っていた六郎が、彼らしい矮小さを発揮して組長の前ではやたらへこへこと腰を折り始めた。

「社長。ずいぶんかかっちまいましたが、やっと七瀬を連れてきました。いやあ、全然姿を見せねえもんだから、始末されたのかと思っちまいましたよ」

「おめえが六郎の甥っ子か。俺は深澤ってモンだ」

腹に一物も二物もありそうな視線が七瀬に向けられる。深澤はしばらく七瀬を観照した後、感心したような口ぶりで言った。

「ロク。おめえの甥っ子とも思えねえような別嬪だな。男にしとくのがもったいねえや」

「へえ」

下卑《げび》た口調に、七瀬の眉が嫌悪に寄る。だが次の瞬間、深澤は七瀬に向かって思ってもみなかったことを言った。

「で、おめえ、うちの組の名前を出して『ヘヴン』に忍び込もうとしたってのは本当か」

「……は……⁉」

それまで口を噤んでいた七瀬だったが、まるで覚えのないことを言われて床に落としていた目線を上げる。叔父の方を見ると、彼はとぼけた表情でそっぽを向いていた。

「うちの組の上に桔梗《ききょう》会っていうデカイとこがあってな。こないだそっちの方からえらいお叱りがあったんだよ。『ヘヴン』に手を出すなってな」

「…………」

「で、組の連中によくよく聞いてみたら、このロクが、お前さんがエンジェルヒートを欲しがってたって言ったんだ。困るんだよなあ。そういうことされちゃあ。うちが落とし前をつけなきゃならなくなる」

あまりかんばしくないが、だんだん状況が呑めてきた。おそらく景彰たちは、七瀬から聞き出した情報を元に、この組になんらかの形で直接圧力をかけたのだろう。

叔父の反応から察するに、今回のことは彼の独断専行《せんこう》だったのかもしれない。きっとこの組長は、覚えのない叱責《しっせき》を受けて慌てて六郎を問い質したのだろう。そして焦った叔父は、とっさに七瀬に責任をなすりつけたというわけだ。

「身に覚えがありません。確かに『ヘヴン』の店には行きましたが、それは叔父から頼まれたからです。エンジェルヒートのことを探ってこいと」

「適当なことを言ってんじゃねえ！」

身の潔白《けっぱく》を証明しようと口を開いた時、いきなり六郎が七瀬の背中を蹴り上げてきた。衝撃で吹っ飛んだ七瀬はソファの角に身体をぶつけ、埃《ほこり》っぽい床に倒れ込む。

六郎は確かにヤクザ者ではあったが、これまで七瀬に暴力をふるったことはなかった。それ故、自分にとって六郎は『少し困った親戚』という認識で済んでいたのだ。

だが、今目の前にいる叔父はまごう方なき暴力団関係者だった。全身を走る痛みに奥歯を噛み締めながら、七瀬は、この男にとってはもう自分との血の繋がりなどなんの意味も持っていないということを、今更ながらに思い知らされる。

これまで頭のどこかで、亡き父の弟なのだから、と、情を持とうとしていた自分が甘かったのだ。

「……く……」

痛みと怒り、情けなさで涙が出そうだった。こんな男にまんまと言いくるめられたあげく、失敗して捕まり、口に出せないほどの辱めを受けて、そしてさらに今度はその責任さえ肩代わりさせられそうになっている。

「……自分が恥ずかしくないんですか、六郎叔父さん」

冷たい侮蔑《ぶべつ》を込めた眼差《まなざ》しで叔父を見ると、六郎は一瞬怯《ひる》んだような表情を見せた。だがすぐに自分の進退がかかっていることを思い出したのか、七瀬の身体を土足で踏みつけてくる。

「うるせえっ！　俺はな、お前が子供ん時から、その澄ました面が気に食わなかったんだっ！　可愛くねえったらありゃしねえ――――！」

硬い靴の踵《かかと》が、ぐりぐりと肩にめり込んでくる。七瀬は苦痛の声を漏らすまいと奥歯を食い縛った。七瀬にとって、痛みを我慢するのは、快楽を我慢することよりもまだ容易かった。

「まあ待て、ロク」

激昂《げっこう》する六郎に、深澤がやんわりと声をかける。

「そんなに痛めつけちゃ、キレイな顔に傷がつくってもんだ」

椅子から立ち上がり、深澤は七瀬に近づいてきた。倒れたままの七瀬の顎に手をかけ、乱暴に上げさせられる。

「ただバラすのももったいねえだろう。外国で、いい値で売れるんじゃねえのか？」

「！」

ここに連れてこられた時から、殺されるかもしれないとは思っていたが、生きたまま売り飛ばされるとは思ってもみなかった。思わず身体が強張った。おそらくそれは、景彰たちに客を取らされるよりも、間違いなく悲惨《ひさん》な末路になるだろうことは想像できる。

「はあ――――、まあ、なんでも構いませんが」

感情的に暴力をふるっているところにふいに水を差され、叔父は一瞬興《きょう》がそがれたようにしらけた声を出した。だが、すぐに何かを思いついたようにニヤリと頬を緩ませる。

「そうだ七瀬。お前、どうせ奴らにヤられてるんだろう？」

「――」

思わず顔に血が上ったのを、深澤と六郎は見逃さなかったようだ。

「ヘヴンの仕込み済みか。手間がはぶける」

深澤はそう言うと、七瀬の襟首を摑み、自分の机の上に仰向けに倒す。

「どれ、んじゃ味見といくか」

「いや――、やめろ！」

脚をバタつかせて逃れようとするが、足首を六郎に捉えられてしまう。深澤の両手がシャツの襟にかかり、力任せに引きちぎられたボタンが音を立てて飛んだ。

「おう、お前ら。ヘヴンの奴隷とヤッてみたい奴はいるか。男だが具合はよさそうだぜ」

社長室の入り口でこちらを窺っていた組員たちに深澤が声をかける。たむろしていた男たちは少しの間顔を見合わせていたが、そのうち嫌な笑みを浮かべながら、ぞろぞろと部屋の中に入ってきた。

「――！」

その様子を見て、七瀬は渾身の力でなんとか逃れようと全身で暴れる。だが両腕と脚を封じられている上に仰向けに押さえつけられていてはどうにもならない。そのうち新たな腕が何本も増えて、七瀬の身体はあっという間に机の上に縫い留められてしまった。

「さあ、大事なところを拝《おが》むぜ」

ベルトに手がかかり、無遠慮なそれが下着ごとボトムを引き下ろす。七瀬はその瞬間、思わず両目をきつく閉じた。

「おおっ、キレイな色だぜ」

「広げさせろ」

両側から脚を捉えられ、左右に開かれる。何も隠すものがない七瀬のそこは、男たちの好奇の目に晒され、哀《あわ》れに震えていた。

おそらく、自分は絶対に耐えられない。

エンジェルヒートという強力な媚薬を使って調教された身体は、男に犯されればたちまちのうちに発火し、熱く蕩けるだろう。

――こんな奴らに。

悔しさのあまり涙が滲んでくる。

ここにいる男たちに陵辱された後、自分はどことも知れない国の変態に買われ、それこそセックス漬けの毎日を送るのだろう。短い間だが、景彰と漣のもと、陰《かげ》の社会に身を置いていれば、それくらいは容易《ようい》に想像がつく。

そうなれば、もう二度とあの二人には会えない。

そう思った時、七瀬は急に胸が締めつけられるように狂おしくなるのを自覚した。

あんな目に遭わされたが、少なくとも彼らは自分を大事に扱ってくれた。一番最初に大勢の前で犯した時でさえ、七瀬の肉体を傷つけないように、媚薬で壊さないように、丁寧に拓いていったのだ。

――どうかしてる。そんなふうに思うだなんて。

それは彼らが最初から自分を商品として見ていたからだ。ここにいる奴らとは違い、二人は単にプロフェッショナルだったからにすぎない。

それでも、彼らの肌の温度は嫌いじゃなかった。

両脚の間に一人目の男が入り、なんの準備も施されていないそこに男根が今にも捻じ込まれようとしていた。

七瀬はもう、半ば諦め、襲ってくる苦痛と衝撃を覚悟する。

いったい何人相手にするのだろう。なるべく早く意識が途切《とぎ》れてくれればいいが……。

そう思った時、唐突に玄関の方から爆発にも似た破壊音が轟《とどろ》き、七瀬の意思を明瞭《めいりょう》なものに戻した。

「うわっ…！　なんだ!?」

「誰だお前ら！」

手前の部屋に残っていた何人かの組員の怒声が、次の瞬間には悲鳴に変わる。思わず目を開けた時、隣の部屋に続いているドアから組員の一人が吹っ飛んできた。

「な、なんだ⁉」

突然ただならぬ事態に襲われた組の中に動揺が走る。異変が起きたと同時に、多くの者は隣の部屋へと移動していった。深澤や叔父をはじめとする何人かの男が七瀬を拘束するために残っていたが、男たちの注意が逸れた瞬間を逃さず、七瀬は長い脚を振り上げ、身体の上の男を思い切り蹴り飛ばした。

「てめっ……！　何しやがる！」

これがあの二人相手だったら、簡単に攻撃を封じられていただろう。格の違いを思いながらも、七瀬は上体を捻って起き上がり、横にいた叔父に肩からぶつかっていった。

だが、腕を縛られている状態では、ここまでが限界だった。

後ろから深澤に髪を掴まれ、力任《ちからまか》せに再び机の上に叩きつけられる。

「あ……っ！」

こめかみに衝撃が走り、目の前が揺らぐ。それも治まらないうちに強く頬を張られ、七瀬の視界がぐにゃりと歪んだ。

「舐めやがって！　ぶっ殺してやる、七瀬！」

叔父が懐から出したものは、ドスだろうか。かすむ視界の中でギラリと光る白刃《はくじん》が、今まさに七瀬の命を奪おうと振りかざされる。

——今度こそ、駄目か。

スローモーションのように流れる光景の中、自分に下ろされる切っ先を他人事《ひとごと》のように
ぼんやりと眺めていた。死の危機に瀕《ひん》した瞬間、時間がやけに間延びして感じられるとい
うのは本当なんだな、と思った時、ふいに目の前で叔父が横っ飛びに飛んでいった。

——え？

その瞬間、スイッチが入れ替わるように時間の流れが元に戻る。

横を見ると、六郎は肩を押さえ、うめきながら床に転がっていた。

「そいつを、返してもらおうか」

聞き覚えのある声が耳に響く。まさか、とその声の方向に目を向けると、そこにはつい
今しがた思い描いていた二人の男の姿があった。右手に銃を持ち、その銃口から硝煙《しょうえん》を上
らせているのは景彰だ。

「ヘヴンのエンジェルに無断で手を出して、ただで済むとは思ってないよね？」

柔和な外見に似合わず、襲ってくる男を豪快《ごうかい》に蹴り飛ばしながら、続いて漣が入ってき
た。

隣の部屋の組員たちは、わずかな間であらかた倒されてしまったらしい。ドアの向こう
側から、助けを求める声やうめき声などが聞こえてくる。

たった二人といえども、景彰は傭兵上がりで、漣もまた踏んできた場数と修羅場《しゅらば》が違う

のだろう。有象無象《うぞうむぞう》のチンピラどもではしょせん相手にならない。

景彰の鋭い視線を受けて、七瀬は剝かれてしまった下半身を隠すように膝を引き寄せた。

「失《う》せろ」

景彰が銃を持ったまま部屋に進み入る。数人ほど残っていた組員たちはそれだけで怖《お》じ気《け》づき、七瀬がいる机近くから散っていった。漣が構わずにつかつかと側に来て、脱いだ上着を背中にかけてくれた。両腕の縛めも解かれ、思わず両手で自分の肩を抱き締める。その上から漣に強く抱き締められ、七瀬はそこでようやく身体の力を抜いた。

「大丈夫？」

今頃になって恐怖が込み上げてくる。震える指先に、漣の手が重なった。七瀬はなんとか頷きながら、平気だと漣に告げる。

「……どうしてここが？」

疑問に思って漣に尋ねると、彼は少しだけバツの悪そうな顔をして、七瀬のシャツの襟を摘み上げた。自分からは見えないが、襟の裏をめくると、小さな機械の部品のようなものが貼りつけてあると漣が説明してくれる。

「ごめん。念のために発信機をつけておいたんだ。ここの場所は以前にチェック済みだったし」

そういうことか、と七瀬は納得する。

「誰かにヤられた？」

七瀬の姿を見て、ふいに漣が表情を変えて低く問いかける。

「……いや、大丈夫だ…、まだ」

「そうなんだ？　もしいたらそいつのモノを切って捨ててやるつもりだったんだけどな」

悪戯っぽく言う漣の声音に、七瀬は薄ら寒いものを感じる。冗談でもなんでもなく、彼はやると言ったらやるだろう。

「て…、てめえら、いったい何者《ナニモン》なんだ‼」

肩を撃たれた叔父がようやく起き上がって怒声を浴びせてくる。弾丸はどうやら掠っただけのようだが、押さえた指の間から血が滴っていた。多分、景彰はわざと外してくれたのだ。彼がその気になったら確実に急所を狙うような気がする。景彰の容赦のなさを、七瀬はその身をもって知っているのだ。

「ヘヴンマスターの氷室《ひむろ》景彰。こっちは青葉《あおば》漣」

「何ぃ⁉　お…お前らがあのヘヴンの⁉」

どんなに調べても一向に正体が摑めなかった組織のトップが突然目の前に現れたことに、六郎はひどく驚いたようだった。だが、それよりももっと苛烈《かれつ》な反応をしたのは、組長の深澤の方だった。

「おい！　てめえ、ロク！」

いきなり深澤に厳しい声で呼びつけられ、叔父はわけがわからない、という顔で返答をする。

「へ…、へい？」

「何やってんだ、てめえ、誰をつつき出したのかわかってんのか!!」

深澤は怪我《けが》をしている六郎の頭を摑んで下げさせ、自分も九十度に腰を折り曲げた。

「氷室と青葉のご兄弟が頭とは知らず、大変失礼を致《いた》しました!!」

どうやら深澤は彼らの名前と、そのバックボーンを把握しているらしかった。ひたすら恐縮して、許しを請《こ》うている。

「しゃ、社長？　いったいどういう……」

「アホ。この人たちはな、うちの上も上、桔梗会の会長のご子息たちだ!!」

次の瞬間、六郎は喉の奥からひぃ、という声を出し、床に這いつくばった。今の今まで罵声《ばせい》を投げつけていたくせに、相手が権力のある存在だとわかると途端に掌を返す。そういう人間なのだ。

だが、驚いたのは七瀬も同様だった。何か事情があるのだろうと踏んではいたのだが、桔梗会といえば関東一帯を広く取り仕切るヤクザの総元締《そうもとじめ》のようなものだ。その会長の息子となれば、どれほどの地位にいるのか、七瀬にも容易に想像がつく。

「深澤さん、困りますね。うちの大事な商品が傷だらけだ」

景彰が穏やかな声音で言う。だが、静かな分だけそれは背筋が凍りつくほどに酷薄に聞こえ、深澤たちを震え上がらせた。

だが七瀬は、彼の口から商品だとはっきり言われたことに、わけもなく痛みを感じてしまう。

「すいません！　知らなかったんです！　勘弁してやってください！」

「すまん七瀬！　許したってくれ！」

「知らなかったで済むか。警告はしたはずだ。それを無視してこんなふざけたことをしやがって」

二人の哀願に景彰は口調を変えて言い放ち、銃口を六郎に向けた。彼はここに来た時から、きっちりと落とし前をつけるつもりだったらしい。自分が出しゃばっていいことではないかもしれないが、七瀬は思わず声を出していた。少なくとも、自分が原因で目の前で人に死なれるのは、いい気分ではない。

「待ってくれ、景彰」

服装を整えた七瀬は、漣の手を借りて机から降り立った。喋ると切れた口の端が少し痛む。

「命だけは助けてやってくれないか。そんな人でも、俺の肉親なんだ」

景彰は目線だけで七瀬を捉えた。鋭い眼差しに怯まず、七瀬はそれを真っ向から受け止める。

「ここで見逃せば、いずれまたお前に返ってくるかもしれないぞ。後《のち》の憂《うれ》いは排除しておくのが賢明《けんめい》だ」

「わかってる。そのときは仕方ない。俺の甘さが招いたこととして、受け入れる」

「――……」

景彰は少しの間、七瀬を見つめながら逡巡《しゅんじゅん》しているようだった。だが、やがて大きく息をつきながら銃口を下ろす。

「あ……ああ、すまんな、七瀬！」

「六郎叔父さん」

命が助かったと知り、現金に喜色を浮かべる六郎に、七瀬は冷ややかに言った。

「あなたを助けたのは、俺にも責任の一端があると思ったからです。でも、もう二度と、俺に構わないでください。もちろん母にも」

それだけ言うと、七瀬はしっかりした足取りで歩きだし、部屋を出る。景彰と漣もそれについてきたようだ。

身体はあちこちギシギシと痛んだが、それよりも精神的なダメージの方が大きいように感じられた。彼ら二人に拉致された時、あれ以上のものはないと思っていたが、まだまだ自分も甘いらしい。

事務所を出てビルの外へ一歩足を踏み出すと、日差しが目に突き刺さってくる。そのまま足元から崩れていくような感覚に、七瀬は抗う力もなく身を委ねる。

「――七瀬！」

力強く支えてくれたのは、どちらの腕だったのか。

それすらもわからず、七瀬は押し寄せてくる闇に呑まれていった。

気がついたのは、元の部屋だった。

身体のあちこちについた小さな傷は手当てされていた。打撲《だぼく》の痕《あと》もそれほどひどいものではないので、そのうち消えるだろう。

「誤解しないでほしいんだけど、僕たちは基本もう桔梗会とは関係のない人間なんだ」

次の日、リビングのソファに座らされ、漣が診察をしながら七瀬にそう説明をしてくる。

景彰はその後ろで三人分のコーヒーを淹《い》れていた。

「俺がヘヴンを立ち上げた時、桔梗会からは一切《いっさい》の資金援助を断った。跡目争いに巻き込まれるのが面倒で、好きにやりたかったんだ。漣に嗅ぎつけられて、自分も入れろって言われたから二人でやってるけどな」

「子供の頃から、兄さんと遊ぶのが一番楽しかったからね」

だが彼らの実力を惜しんだ本部は、せめて桔梗会の威光を利用することを二人に承服させた。一切の援助をしない代わりに、後ろに桔梗会がいるということを匂わせて他の組織がうかつに手を出せないようにする。確かに、そうでなければいろいろと面倒な決まり事があるこの世界では、こんなイレギュラーな組織はすぐに狙われてしまうだろう。二人の人的価値を知る桔梗会の上層部は、資金の代わりに、そうしたサポートを約束させたのだ。

「最初の頃はともかく、最近は絡まれることもそうないけどな。俺たちを知らないのは、情報に疎《うと》いお前の叔父みたいな奴だけだろう」

そう言われて、七瀬は思わず苦笑した。六郎はあれから組を放逐《ほうちく》されたという。許しがたい男だったが、そもそも彼がいなければこの二人と会うこともなかった。

自分が叔父の命を助けたのは、もしかしたらそういう理由もあったのかもしれない。

「どうした？」

七瀬は首を振りながら、目の前に差し出されたトレイから湯気の立ち上るカップを受け取った。軽く息を吹きかけて口をつけると、深い香りとともにまろやかな苦味が広がっていく。

もう自分の感情をごまかすのも面倒になった。こんな思いを抱くなんてどうかしている、と思うが、自分は多分、この二人になんらかの執着《しゅうちゃく》を持っている。しかもどちらか一人に偏《かたよ》っているわけではない。二人同時に、同じ強さで、だ。

それは否定しようとしても拭えず、これまでずっと七瀬を思い悩ませてきた。

だが、だからといってどうしようもない、ということは、七瀬にもよくわかっていた。

あの時、景彰にもはっきりと、自分は商品だと言われてしまっている。

「七瀬」

「え」

埒《らち》もない物思いに耽《ふけ》っていたところに声をかけられ、七瀬は顔を上げた。隣にいた漣が、いつの間にか離れて対面に座っている景彰の後ろにいる。

「お前、家に帰れ」

一瞬、何を言われたのかよくわからなかった。きょとんとした顔で景彰を見つめていると、彼はらしくなく目を逸らしながら続ける。

「俺たちと一緒にいると、またいつああいう危険に遭うかわからない」

「……そんなことするのは情報に疎い奴だけと、今言ったじゃないか」

「そうだ。だがそんなバカな奴がまた出てこないとも限らない。そういう奴らは、俺たちじゃなくて堅気に近いお前を狙ってくるだろう」

「つまり、足手まといってわけか」

七瀬の言葉に、景彰は少し口を噤んだ後、そうだ、と答えた。

「僕たちは君を気に入っている。だからこそ、もしまた七瀬があいう目に遭ったらと思うと、寝覚めが悪いんだ」

兄のフォローをするように漣が続ける。この二人はいつも、組織にとっての決定を下すようなときには景彰が前に出てきていた。奔放に見える漣も、そういうときはわきまえていて口を出さない。それが二人の間のルールなのだろう。そんなことに気づくほどに側にいたのに、もうここにはいられない。

解放される、というこの上ない吉報に、だが七瀬の胸中は激しくかき乱されていた。

「……ずいぶん急だな。俺がどんな思いで覚悟を決めたと思ってるんだ」

「だが、もうそんな覚悟もしなくて済むんだ。お前は元の世界に戻れ」

「七瀬には似合わないよ。こんなところは」

勝手なことを言う彼らに、七瀬は憤《いきどお》りすら感じる。だが、何か言ってやろうと開きかけた口からは、うまい言葉が出てこなかった。それもそのはずだ。いったい何を言えというのだろう。

あんたたちに惚れてしまったから、側に置いてくれとでも？

——それこそお笑い種《ぐさ》だ。言えるはずがない。そんなことは。

「……」

七瀬はゆっくりと口を閉じ、力なく床に目を伏せた。

「……わかった」

こんなことを考える自分の方がおかしいのだ。あんな辱めを受けて、監禁されて。家に帰れるのなら、これ以上のことはないじゃないか。

そう自分に言い聞かせるようにして七瀬がやっとの思いで頷くと、二人はどこかほっとしたような顔をした。

最後に抱いてほしいな、と思ったが、自分から言い出すのはあまりに惨《みじ》めすぎる。

七瀬は必死で感情を隠しながら、視線を窓の外に逸らした。

「あんた、今まで何してたのよ！」

ようやっと母親に面会が叶うと、七瀬の母の美佐子《みさこ》は呆れたような声で息子に笑いかけた。

よかった。思ったよりも元気そうだ。

七瀬はほっと息をついて、これまで姿を消していたことを母に詫《わ》びた。

「ごめん。仕事のこととかいろいろあって」

母に嘘はつきたくないが、本当のことは言えなかった。得体の知れない組織に捕まって調教されたあげく命まで狙われましたなどと言ったら、ただでさえ弱っている母の心臓を止めかねない。

「そう？　ならしょうがないわね」

美佐子は苦労して七瀬を育ててくれたが、決して子離れしていない母親ではない。余計な詮索はせずに自分を信頼してくれている。だからこそ、ばかな真似《まね》はできないと思った。

ここに来る前に入院費の支払いがあり、病院のATMを利用したのだが、七瀬の口座におよそこれまでの年収の五倍にあたる金額が振り込まれていた。

振込先は知らない会社名になっていたが、おそらく彼らで間違いないだろう。昨夜遅く、その旨が事務的に書かれているだけのメールが届いたのだ。慌てて返信したものの、拒否されているのか届かなかったが。

もしかしたら、それなりに責任を感じているのか。

あれだけ好き勝手をしておいて、と、七瀬は思わず口の端を上げる。

これまで姿を見せないでいた分、七瀬は毎日のように母の元へ顔を出した。幸いというべきか、失業中のため、時間の融通《ゆうずう》はきく。

「来週、手術ですって？　お金の方は大丈夫なの？」

「心配ないよ」

彼らが振り込んでくれた大金のおかげで、母親に手術を受けさせることができる。この際、つまらないプライドには目をつぶっておくべきだろう。正直、今の七瀬にとって、あの心遣いは何よりもありがたかった。

七瀬が彼らから解放されて、半月ばかりが経っていた。師走《しわす》に入り、寒さは一層増している。

戻ってからまた求職活動を始めたが、ついつい余計なことばかり考えてしまい、なかなかうまくいっていない。

「七瀬？　どうしたの？」

ふと気づくと、母が怪訝そうに覗《のぞ》き込んでいる。また他所事《よそごと》を考えていたかと、七瀬は慌てて居住まいを正した。

「何か心配事？」

「そんなんじゃないよ」

笑って首を振る息子に何か感じたのか、母はベッドの上で両手を組み、言い聞かせるような口調で言う。

「母さんね、七瀬の足手まといにはなりたくないって思ってるの」

「……え？」

「あなたがどんな道に進もうと、それを信じていったらいいわ。母さんのことは気にしなくていいのよ。時々顔を見せに来てくれたら、それで充分」

彼女は、ここ数日、七瀬が思い悩んでいることを見抜いているようだった。自分の中の衝動に素直に従いたいと思っているのに、病気の母の存在がひっかかってどうしても思い切れない。

「でも、家を出ることになるかもしれない」

「そんなの。大人になれば別に当然のことでしょ？　わたしは大丈夫。手術だってきっと成功するわよ。退院したって、少しでも変だなと思ったらちゃんと病院に行くし、自分のことは自分でできるわ」

その言葉が、七瀬の背中を押してくれるのを感じた。

自分の選ぶ道は、罪かもしれない。

それでも、この内なる願いを叶えなければ、きっと、この先後悔したまま生きていくことになるだろう。

それでも仕方ないと、望みを諦めて生きていくことを受け入れようとしていた七瀬だったが、彼女はそれをよしとはしないようだ。

七瀬は病院の窓から冬の寒空に目を向ける。

この灰色の空の下、どこかに彼らはいるのだ。

七瀬は病床の母親に向かって、少し泣きそうな目を向けた。


その夜、母親と暮らしていたマンションの自室で、七瀬は一人、履歴書を書いていた。

新たな職探しのために使うものだ。だが、後から後から湧き上がる雑念に、一向に筆が進まない。

「――――」

何度目かの書き損じに、七瀬は大きくため息をついた。

ペンを放り出し、大きく伸びをして、学生時代から使っている机から立ち上がる。

「……こんなに集中できないのは、初めてだ」

小さく独り言を呟いてから、今日はもう駄目だなと判断した七瀬は、傍《かたわ》らのベッドに身体を投げ出した。

誰もいない家の中はしんと静まり返っていて、時折道路を車が走り過ぎる音だけが聞こえてくる。そのまましばらく目を閉じて横たわっていた七瀬は、ふいに身体の奥で何かが動きだすのを感じた。

――――まただ。

忌々《いまいま》しさに眉を寄せる。

少し考えれば、わかりそうなものだった。あれだけの行為を身体に仕込まれ、快楽を植え続けられた肉体は、急に放り出されても以前の状態には戻れない。

まだ起きて活動しているときはいいのだが、こうして夜に寝ていると、覚え込まされた熱が鎌首をもたげて体内を動き回るのだ。

七瀬は彼らと別れて以来、その熱にずっと悩まされ続けていた。

それは彼らが刻み込んだ足跡《そくせき》。七瀬がどんなに振り切ろうとしていても、色濃く残されたその痕跡《こんせき》が否応なしにあの二人の存在を思い起こさせる。

「は、あ……」

ため息を口から漏らし、唇を指先でなぞる。

そこはもうほんのりと熱を持ち、口づけを待っているかのように綻んでいた。

――キスされたい。

強引に唇を奪って、舌をしゃぶり上げ、敏感な口腔を舐めてほしい。それだけで自分は感じてしまって、喉の奥からはしたない声を上げてしまう。

「う、んっ…」

七瀬は自分の指に舌を這わせ、いやらしく舐め上げた。片手は着ていたニットをたくし上げ、ジーンズの前もゆっくりと開けていく。

濡れた指を服の下へ差し入れ、素肌をまさぐると、自分の指でしてるとは思えないくらいに肌が過剰に反応した。明らかに、飢《う》えている。

「……あ、ああっ！」

胸の上ですでに硬くなっていた突起は、触れられただけで激しい感覚を七瀬にもたらした。そこはいつも彼らに執拗に弄られて鋭敏になってしまった個所《かしょ》だ。ここだけで極めてしまったこともある。二人の指を思い出し、いつもされていたように指先で乳首をクリクリと転がすと、背筋に甘い痺れが駆け抜けた。

「はあ、ああ…っ」

その刺激をもっと味わいたくて、今度は指の腹で押し潰すように揉み込んでみる。

「んんっ…！」

さっきよりも強い刺激が身体を駆け抜けたが、一瞬で終わってしまう。自分一人の拙《つたな》い指と、手管に長けた彼ら二人の指では比べようもない。感覚だけは鋭敏になっているのに、求める快感が得られないことに、七瀬は不満を募らせながらジーンズの中へと手を差し入れた。そこはもう勃ち上がって下着の中で苦しそうに張りつめている。七瀬は目を閉じながら、もどかしく下半身の衣服を脱ぎ捨てた。勢いよく反り返る性器がひやりと外気に触れて、強引に両脚を開かれた感覚を思い出す。そう、彼らはいつも、こんなふうに七瀬のすべてを晒してからゆっくりと嬲り始めるのだ。

「んん…、あう、う…っ」

屹立したものを、根元から扱き上げてゆく。甘い痺れが腰を包み込み、やがて下半身全体に広がっていく感覚を、息を喘がせながら存分に味わう。

『もっと開け。全部見せてみろ』

ここにいない男の声を思い出し、七瀬は誰もいない空間に向かって立てた膝を外に開いた。

彼らの前では、時折自慰を強要された。そんなとき、七瀬はいつも、最初は命じられて仕方なく指を伸ばすものの、最後には自ら腰を振り立てて達してしまうのだ。

「い、い…や、あ、あ…っ！」

目を閉じていても、彼らの視線は全身に絡みついてくる。

七瀬はいやらしく声を上げ、卑猥な手つきで自らのものを愛撫した。指を絡みつかせるようにして扱きながら、もう片方の手の指で先端を撫で上げる。最も鋭敏な部分であるそこは、刺激を受けて潤み、透明な蜜液を溢れさせた。

『もうこんなにして。いやらしいね』

「あ…っこんなっ、濡れっ…！」

からかうような言葉の記憶が、七瀬を一層興奮させていく。くちゅくちゅと音を立てながらそこを愛撫する自分は、どんなに淫らな姿をしていることだろう。

「はあっ、あ…あ…っ」

もっと、もっと自分を苛めたくて、七瀬は先端の蜜口に自らの爪の先を立てる。その小さな孔をそれで抉るように責めると、無意識に腰がビクン、と跳ね上がった。

「あ、ひあ、あ――――！」

熱い感覚が脳天から爪先にまで走る。刺激の強さに耐えられず、七瀬は股間から精を弾けさせてしまった。

「は、ん…あ…っ」

だが、激しく喘ぎながらも、七瀬の指はまだ止まらない。蜜液と精液とで濡れた股間の奥をまさぐり、秘められた蕾に指先を触れさせる。

「―――」

息を吐き、ゆっくりとそこに指を差し入れた。

「う、んっ……！　あっ…あ」

慣れ親しんだ、ともいえる快楽が湧き上がる。あの二人によってつくり替えられてしまった七瀬のその器官は、侵入者を嬉しそうに迎えては奥へ誘《いざな》っていく。

――気持ちいい。

きつく眉を寄せ、唇を震わせながら、七瀬は二本目の指を挿入させた。きつい入り口をくぐり抜け、熱い内壁をまさぐると、腰の奥がじんじんと疼いて、思わず声が出てしまう。

「ふう、ああっ！　…っも、もっと…っ」

もっと、奥まで入れて。

こんな頼りない指じゃなく、熱くて太いものを突き入れて。壊れそうなくらいに貫いて。

だが、ここにいるのは七瀬一人。

抱き締めてくる腕も、体内を満たしてくれる熱い塊《かたまり》も、蕩けそうになる口づけをくれる唇も、ここにはない。

「……っ、いや、あ…っ」

嫌だ。

こんなのは、嫌だ。

七瀬の目尻から涙が零れ、こめかみを伝ってシーツへと吸い込まれていく。

――――彼らがいないのは、嫌だ。

どうしてこんな感情を抱いてしまったのだろう。それも、まったく違う男二人に。

「や、あ…う、ああ、はぁあっ！」

後ろを犯す快感に、七瀬は啜り泣きながら、二度目の精を吐き出す。

どうせ一時凌《しの》ぎにしかならないだろうが、身体を苛む熱も、とりあえずは治まったようだ。体内からズルリと指を引き出し、気だるい四肢をベッドの上に投げ出して、七瀬は閉じていた目をそっと開ける。

そこは見慣れた自分の部屋で、もちろんあの二人の姿などどこにもない。

わかっていたはずなのに、胸の内に氷のように冷たい風が吹き抜けていった。あんなに熱かった肌すら、吐き出してしまった後は急速に冷えていく。

肌寒さを感じて、七瀬はゆっくりと上体を起こした。

目に入るのは、自分の下肢を汚す欲望の残滓。

「……なに、やってるんだか……」

虚しさだけがそこに残って、七瀬は自嘲の笑みに口元を歪める。

こんなことを繰り返しても、なんの解決にもならない。

せっかく自由な日々を与えられても、自分の心はまだあそこに捕らわれたままなのだ。

――それなら。

それくらいなら、いっそ。

自分の中に芽生えた渇望《かつぼう》にも似た思いは日々大きくなり、もう無視できないほどになっている。

――目を逸らし続けるのも、そろそろ限界だろうな。

腹を括らなければ、自分は多分、もう一歩も進めないだろう。

自慰の後の白々しく冴えた頭の中で、七瀬はぼんやりとそんなことを思った。

以前訪れたビルの前で立ち止まり、七瀬は地下へと続く階段を見下ろしていた。

ここに立つのは二回目だ。一度目は叔父に頼まれ、二度目は自分から。

最初七瀬は、自分が監禁されていた彼らのマンションに向かった。二人に会うなら、あそこが一番確実だと思ったからだ。だが駐車場の出口から見覚えのある高級車が出てくるのに気づいて、七瀬は反射的に物陰に身を隠した。

多分、今出ていっても追い返されるだけだろう。

七瀬は腕時計を見やり、自分が知っている限りの情報の中で、彼らが行きそうなところを推測した。

この時間ならば、あの地下の店かもしれない。

まるで根拠はなかったが、七瀬は妙な確信とともに身を翻《ひるがえ》し、彼らと初めて会ったあの場所へと向かうべく、駆け出したのだ。

そして再びこの場所へ辿り着いた七瀬は、階段を下りきった突き当たりの、普段は鍵がかけられているドアの前に立ち、それを静かに押してみる。

するとそれは内側に開かれ、さらに奥の方に明かりが見えた。

ビンゴだ。ここが開くということは、あの店が開催されているということだろう。ヘヴンが不定期で開いている地下クラブ。ここなら、おそらく彼らに会える。

「あの、すみません、お客様！」

迷いのない足取りで店の入り口を通ろうとすると、案の定受付で止められる。七瀬は声をかけてきた男に見覚えがあった。自分が前回この店のステージであの二人に犯された時、同じようにここに立っていた男だ。

そして彼もまたそれを覚えていたらしく、七瀬の顔を見ると一瞬驚いたような表情を浮かべた。

「君は……」

「ヘヴンマスターを呼んでください。七瀬が来たと言えばわかるはずです」

それだけを告げ、七瀬は店の中へと入っていく。男は一瞬再び止めようかと動いたが、すぐに思い直したのか、店の奥へと走っていった。これでよし。後は少し待てば、彼らが現れるだろう。

店内は以前来た時と同じように高級でどこか気だるい、淫靡な雰囲気を醸し出している。燕尾服を着たエンジェルと呼ばれる奴隷候補の男女が客の視線に晒されながら給仕をしていた。エンジェルと擦れ違った時、彼は不思議そうな目で七瀬を眺めていった。どう考えても、客には見えなかったのだろう。彼だけではなく、客の間からも好奇の視線がちらちらと感じられたが、七瀬はそれらを無視して奥へと進んでいった。

空《あ》いていたボックス席に座り、しばし待つ。自分でも不思議なほどに落ち着いていた。ここに来るまでさんざん悩んで出した結論に従っているからだろう。

薄暗い照明の中で、男のものらしい影が二つ、こちらへ向かってくるのが見えた。他とは明らかに動きが違う。七瀬は自然と息を詰めて、それを見つめていた。

──何をそんなに慌てているんだろう。彼らはここの支配者ではないのか。

およそ似合わないその様子におかしくなって、七瀬は小さく笑いを漏らした。

彼らは客ではないので仮面をつける必要はない。だがその素性《すじょう》から、店で人前に出るときは無用のトラブルを避けるために顔を隠していた。なのに今は素顔を晒したまま息を切らせるようにしてやってきた二人は、何食わぬ顔をして席に座っている七瀬を見て、ひどく驚いている。

「七瀬、どうして──」

「何しに来た。ここはお前の来るところじゃない」

まだ一月《ひとつき》と経っていないはずなのに、ずいぶんと長い間会っていなかったように思える。

景彰と漣は、相変わらずすっきりとしたスーツ姿で、非合法な組織の親玉というよりはやり手のビジネスマンのように見える。

七瀬はそんな二人に見惚《みと》れながらも、景彰の言い草に「ずいぶんなのではないか」と少し悲しくなった。

一時的とはいえ、自分をそちら側に引き込んだのは彼ら自身だというのに、よくもそんなことが言えたものだ。

「話がある。座ってくれないか」

だが今日は引くわけにはいかないのだ。

七瀬が口元を引き結び、一歩も引かない構えを見せると、二人は不本意そうに七瀬の左隣に腰を下ろした。

「――――で、いったいなんの用だ」

すこぶる不機嫌そうな、どこかぶっきらぼうな口調で景彰が言った。漣は隣でそんな兄と七瀬を代わる代わる見つめている。

「覚悟を決めてきたんだ」

七瀬は一度言葉を切って、唇を舌で湿らせる。

「あんたたちの――――性奴隷になりに来た」

七瀬の言葉によほど意表を突かれたのか、二人の顔にあからさまに動揺が走る。これまで翻弄されてきた分、小気味よいものが胸に走った。

「いつでも脚を開いてやるし、どんな要求にも応じてやる。あんたたちが仕込んだ身体だ。感度や具合については言うまでもないだろう。資産運用もできる性奴なんて、お得だとは思わないか？」

言い切ってしまってから、七瀬は爽快《そうかい》感のようなものを覚えていた。

「だいたい憐憫だかなんだか知らないが、勝手な情で放逐してもらったら困る。さんざん、あんなことをしておいて――」

そう、解放されてよかった、では済まなかったのだ。

媚薬と執拗な愛撫で極限まで開発された肉体は、七瀬の意思にかかわらず男を必要としてしまう。夜鳴きする身体を宥《なだ》めるのは一苦労だった。

「そのへんをふらふらして知らない男に抱かれるのも御免《ごめん》だ。責任を持ってちゃんと俺を飼え」

七瀬は奴隷になりに来たのだが、当の主人になるべき男たちは、まるで上司に叱られる部下のような顔で聞いていた。少し言いたい放題しすぎたかと思ったが、ここでやめたらあんなに毎晩煩悶《はんもん》した自分が報《むく》われない。

「飽きたのなら――廃棄《はいき》すればいい。でも、それもあんたたち自身の手でやってくれ。恨《うら》んだりしない」

勝手に元あったところに戻そうとしても、変化してしまったそれはもう元の場所には馴《な》染《じ》めない。そんなことを、彼らが知らないはずがないだろうに。

「……七瀬」

先に反応したのは、予想通り漣の方だった。

「まいったな……、君みたいな子は、初めてだよ」

言葉だけでなく、心底感服したと言いたげに、漣は弱々しくかぶりを振る。

「ひとつ聞いていい？」

七瀬が頷くと、漣は身を乗り出すようにした。

「僕と兄さんとどっちが好き？」

「え」

その質問は、前にもされたような記憶がある。だが七瀬は、ここに至ってもそれを突きつめたことはなかった。二人はいつも同時に七瀬をかき乱し、強烈な存在を刻みつけてくる。受ける印象はまるで違う彼らだが、七瀬はそれぞれに引きつけられていた。

「……正直、それを聞かれるとすごく困る。優柔不断だといわれても仕方ないのかもしれないが……、どっちが欠けても、物足りないと思う」

「どっちも好きってこと？」

漣の念押しに、七瀬はもう一度考えてから、こくりと頷く。

「……クッ」

すると、それまで黙っていた景彰が突然笑いだした。これまで見たこともないくらいおかしそうに、声を立てて笑う。漣は苦笑を浮かべていたが、七瀬はただ呆気《あっけ》にとられるしかなかった。

　ひとしきり笑う景彰を前にして、七瀬の気持ちは逆に張りつめていった。ここまで覚悟を決めて言ったのに、笑われて終わりにされるかもしれない。そうなった後の自分が想像できなくて、七瀬は薄く汗をかいた掌を固く握り締めた。

「負けだな、漣」

「うん、そうだね」

　二人が交わした短い会話を理解できず、七瀬はただ彼らを見つめる。

「俺たちの完敗だ。分が悪いったらないな。みっともない」

　向けられた景彰の強い視線に、どきりとする。彼は肉食の獣のような獰猛さが男らしくセクシーで、抱き寄せられるとどうにでもしてほしくなってしまうのだ。

「僕は七瀬が来た時から、こうなるんじゃないかと思ってたけどね」

　そして漣の知的で穏やかな印象とは裏腹の苛烈さは、目にするたびに興奮すら覚えてしまう。愛おしささえ感じてしまう天真爛漫《てんしんらんまん》な仕草も、彼の魅力のひとつだろう。

「本当に、俺たちと共に、ここで生きるんだな？」

「ああ」

　ためらいなく頷くと、景彰の手が髪に伸ばされる。確かめるように触れてくるその感触に、七瀬は猫のように目を細めた。

「なら――――俺たちも覚悟を決めよう」

壊れ物を扱うような動きをしていた指が、ふいに何かの力強い意志を宿したかのように、七瀬の首の後ろを捉えて引き寄せる。

「せっかく外へ放してやったのに、戻ってきたお前が悪い」

少し意地悪な口調はいつもの景彰だ。皮肉っぽい笑みが男らしい口元を彩《いろど》っている。

「もうなんと言おうと、俺たちはお前を放さないからな。覚悟しておけ」

低く囁かれ、七瀬は瞳を潤ませながらわずかに微笑んだ。これでもう、自分はこちら側の人間になる。陽の当たるところへはもう出られないけれども、彼らと一緒ならば怖くないと思った。

「そんなに、そそる顔をするなよ」

「んっ――――」

熱い唇が深く重なってくる。久しぶりの景彰の舌は眩暈を感じるほどの激しさで七瀬の口腔を蹂躙《じゅうりん》し、震える舌をしゃぶり上げられた。それだけでも身体に火がついてしまいそうなのに、ふいに右の耳に熱く湿った感触を覚え、思わず喉の奥を鳴らす。

「ふ、んっ」

いつの間にか漣が七瀬の右側に移動していて、耳の中に舌先を差し込んでいるのだ。敏感な耳の中で細かく震える舌先は眠っていた官能を目覚めさせ、背筋を撫で上げられるような感覚に甘くうめく。

「…ん、ふ…う」

さんざん吸われた舌をやっと解放されると、今度は顎の先を捉えられて漣の方を向かされた。

「僕にもキスしてくれる？」

うっとりと蕩けた表情で、七瀬は舌先を伸ばして漣の唇に触れた。夢中で熱いそれを求める。

「……やらしいなあ。悪い子だね」

忍び笑うような声が聞こえ、あらためて口を塞がれる。巧みな舌に敏感な口腔を舐め上げられる感覚に七瀬は震え、白い頬を朱に染めていった。そして左の耳の中に、さっき漣がしたのと同じように景彰に舌先を差し込まれ、嬲られる。

「ふうっ…、んんっ」

ぞくぞくと背中を駆け抜けていく波が止まらない。これまでずっと我慢していたところに欲しい感覚を与えられ、七瀬はいとも容易く発情していた。

「ふあ…」

名残《なごり》惜しげに糸を引きながら、唇が離れる。

「……どっちに先に抱かれたい？」

淫らに問いかけられ、七瀬は小さく喘ぎながら、それでも首を横に振った。

「一緒に」

二人の熱さを、同時に感じたかった。

「欲張りめ」

舌先で耳を舐め上げながら、低い声が笑いを含む。欲張りにしたのは二人のせいなのに。そう言おうとして開いた七瀬の唇からは、もう甘いため息しか出なかった。


しばらくぶりに足を踏み入れた彼らの部屋の広いベッドに裸で転がされる。冷たいシーツの感触が火照《ほて》った肌に心地よかった。

薄闇の中、性急な衣擦《きぬず》れの音がバサバサと聞こえて、七瀬は探るように目を開けてみる。見上げた空間には、景彰と漣がそれぞれの服を脱ぎ捨て、引き締まった筋肉のついた身体を晒していた。

「あ……」

待ちきれずに両腕を伸ばすと、四本の腕がそれぞれに七瀬を抱き締める。キスは漣が最初だった。啄むように軽く重ねた後、次に景彰が口づけてくる。腰から背中を撫で上げるように愛撫され、太腿にもどちらかの指が滑っていった。

「あ…、ま、待ってくれ」

胸の突起に口づけられそうになって、七瀬は慌てて景彰の肩を押し返す。興が乗っていたところを中断され、彼は不満そうに首筋を噛んできた。

「なんだ。今更焦らすな」

「そうじゃない……、あ、あの」

七瀬は息を吸い込み、恥ずかしさを堪えながら思い切って口にする。

「アレを……、使ってくれないか」

「ん？」

立てた膝頭にキスしていた漣が顔を上げて七瀬を見た。

「……あんたたちが、俺に最初に使ったものだ」

「エンジェルヒートのこと？」

確認されて、七瀬は堪えきれずにそっぽを向く。中毒性はないというが、それを用いて調教された肉体は、あの焦げつくような快感を覚えていた。身体の奥から痺れて蕩けだすような、あの感じ。

「アレ、使ってほしいんだ。いやらしいね、七瀬は」

「……っそ、そうだ……」

自分はこんなにいやらしくて、淫蕩《いんとう》なのだ。恥ずかしいのに、それがたまらなく興奮する。

「なら、おねだりしてもらわないとね」

膝の裏側をくすぐるように漣の指が動く。七瀬はひくりと喉を震わせて、くらくらする酩酊《めいてい》感に身を任せた。七瀬は二人に見せつけるようにその部分を自らの指でまさぐり、彼らが喜ぶ卑猥な言葉を必死で考え、それを口にする。

「いやらしい薬を、ここの奥まで塗って……。それから、淫乱なこの孔を、犯して、気持ちよくして…、あんたたちので、ぐりぐりかき回してっ」

以前なら媚薬を使われた上で無理やり言わされていたであろう恥ずかしいことを素面《しらふ》で口にしてしまうほど、七瀬は欲情していた。

「いいよ。奥まで塗ってあげる」

漣に身体を返されると、景彰が膝の上に抱き上げてくれた。その肩に両手でしがみつくように腕を回し、音を立てて軽いキスを交わす。後ろに回された手で双丘を開かれ、最奥の蕾がひやりと外気に触れた。

「力抜いて」

「ん、ア……！」

ジェル状の媚薬を纏った指が、中に滑り込んでくる。漣は知り尽くした媚肉に手慣れた動きでそれをたっぷり塗り込めていった。

「あっ、んっ…んっ…！」

塗られた部分から、カッと燃え上がるような感覚が湧き上がる。すぐにでもここに捻じ込んで突き上げてほしいくらいだったが、それはすぐには与えられないことを七瀬は知っていた。この媚薬が体内に完全に吸収されるまでは、どんなに欲しくとも我慢していなくてはならない。

「う、んんっ…！　あ、熱…いっ…！」

漣の指で奥の方までこね回されるたびに、くちゅくちゅと卑猥な音が響く。

「七瀬のここは、相変わらず欲張りだね」

「んあっ！」

ずるっ、と指を引き抜かれ、鼻にかかった声を上げる。久しぶりに味わう媚薬は、全身の皮膚をぴりぴりと敏感にさせ、寒くもないのに粟立っていた。

「ああっ、はやくっ…、はや…く…！」

「待ってろ。今、気持ちよくしてやる」

しがみついていた景彰の身体から引き剝がされ、七瀬は漣の方を向かされる。後ろから伸びてきた指に両の乳首を摘み上げられて、背筋に電流が走った。

「んん、んーっ！」

「もう、こんなに硬くして」

景彰の指に摘まれ、こりこりと刺激された突起はたちまちしこって淫らな色になった。

「可愛いね。舐めちゃおうかな」

前から唇を近づけてきた漣が、景彰の指に摘み出されたそれに舌先を伸ばす。ぴちゃり、と音を立てて舐め上げられたそれは、胸の先から強烈な刺激を七瀬に送り込んだ。

「ふぁあっ、あんっ…！」

シーツを強く握り、景彰の肩に頭をもたせかける。鋭敏な突起を揉まれ、同時に濡れた舌で嬲られて、泣き出したいほどの快感に薄く開いた唇を震わせた。

「あ、んん、ああっ…！」

「そんなに乳首が気持ちいいのか？」

くちゅ、と濡れた音が耳の中で大きく響き、腰の奥から疼くような感覚がズクン、と伝わってきた。景彰が耳に舌を入れてきたのだ。

「あっ…あっ、そんなっ…、そんなにっ…！」

執拗な前戯につい取り乱してしまい、七瀬は切羽詰まった声を上げる。彼らはまた乳首だけでイカせるつもりなのだ。ぷっくりと膨らんで赤く色づいているそれは、七瀬の性感帯の中でも特に弱い場所になっている。

まだ一度も触れられていない股間はとっくに張りつめて、透明な蜜で先端を濡らしている。

　指先で揉まれる感覚と、熱い舌先に撫で上げられる感覚。それらを同時に与えられた七瀬の乳首は、これ以上ないほどに硬く勃ち上がり、いやらしく尖っていた。そして漣に軽く歯を立てられた時、稲妻《いなずま》のような刺激が胸から下半身へと駆け抜ける。

「ああっ、ん――――っ！」

　景彰の膝の上で激しく仰け反り、七瀬はがくがくと全身を震わせた。

「あ…っひ…、ん、んんぅっ…！」

　軽い波が突き上げたかと思うと、腰の奥から熱い塊が込み上げてくる。露わになった内股がぶるぶると震え、七瀬は胸への刺激だけで極めてしまった。

「は、はあ、ああ…っ」

　射精の快感に腰をくねらせる。だが導火線に火をつけられてしまった七瀬は、この程度の絶頂ではかえって肉体が切なくなるばかりだった。放ったもので濡れた股間を突き出すように尻を浮かせ、はしたなく誘いをかける。

「ああっお願っ…！　ゆ、指で、してっ…！」

「どっちを？　前？　後ろ？」

「……どっちも…っ」

　貪欲な望みを恥ずかしさを堪えてねだると、背中を抱いていた景彰が七瀬を横たえ、前に回ってきた。いったいどうするのかと不安な目で見上げていると、漣と景彰がそれぞれ七瀬の脚を抱え、左右に大きく開かせる。

「な…、あっ！」

膝が胸につきそうなくらいひどい格好にされて、秘められた場所が奥の奥まで曝け出された。

ヒクつく蕾は彼らの視線に晒され、一層興奮したように蠢いている。

「恥ずかしい？」

「ああっ…、恥ずかし…っ」

からかうような漣の声に、七瀬は濡れた声で返した。

「前も後ろも、たっぷり可愛がってやる」

景彰の指先がひっきりなしに収縮を繰り返す蕾に触れ、入り口を軽くマッサージするように揉みほぐす。

「あ、あ…あぁあっ！　だめぇっ！」

「お前がしろと言ったんだろう？」

「そ…じゃな、ああっ、なか…にっ…！」

媚薬によって内部を熔けるほどに疼かせている今の状態では、入り口へのみの愛撫は媚肉に響いて逆につらいのだ。わかっているくせに、わざと意地悪をしている景彰が恨めしく、七瀬は濡れた瞳で睨み上げる。

「こっちもこんなに震えて、かわいそうだね」

そして漣もまた、七瀬の高まった肉体を嬲るように指を伸ばしてきた。脚の間で屹立しているものを、根元からつうっと撫で上げる。

「ひ、あぁんっ…！」

快感が衝撃となって襲ってくる。ガクン、ガクンと腰を揺らしながら、七瀬は生殺しのような愛撫に耐えた。身体の下のシーツをめちゃくちゃにかき毟りながら、限界まで背中を反らせて喘ぐ。

苦しいのに、気持ちいい。

七瀬は早く許して、と口走りつつ、身体はその仕打ちを歓《よろこ》んでいることを自覚していた。もちろん彼らにだって手に取るようにわかっているのだろう。だって七瀬の身体をこんなふうに変えてしまったのは、この二人なのだから。

「はあ、あ…っ、あは…っ」

身体中を発火したように熱くさせ、汗を浮かべて悶えていると、ようやく景彰の指がそこに這入り込んできた。長い指が奥までゆっくりと挿入され、痙攣する媚肉を小刻みにくすぐる。

「ふあ、あぁぁあ！　い、いい、ああっ…！」

同時に性器にも本格的な愛撫が襲ってきた。根元から先端にかけて何度もきつく扱かれ、鋭敏な神経の塊である場所をクリクリと指の腹で撫で回される。一瞬にしてイキそうになるのだが、そのたびに漣が根元を強く押さえつけるので射精できない。

「あ、ひ…あ、あう、ん、くぅ…っんっ、や、許してっ…も…っ！」

喘ぎっぱなしの口からは唾液が零れ、口の端をだらしなく伝っていた。

「出さなくとも、イケるよね？　七瀬なら」

「あ、いやっあっ！　無理、ぃ…っ！」

そんなこと、できるわけない。そう訴えようとした時、いつの間にか二本に増えた景彰の指が、体内の最も敏感な部分を的確に突いてきた。

「んあああっ！」

快楽だけが肉体に蓄積される。今にもはち切れそうなほど全身が張りつめているのに、漣に根元を縛められているせいで解放できない。七瀬は恥部をすべて晒した状態で、前後を同時に責められてビクビクとわなないていた。

「ふ…う…ぁっ！　ああっ…！」

信じられないくらいいやらしい音が自分の下半身から響いてくる。顔を真っ赤にしてかぶりを振り、達せないもどかしさに悶えていると、さらに七瀬を追いつめるように漣が顔を伏せてきた。根元をきつく締めつけたままで、七瀬の先端にちろちろと舌を這わせる。

「んぁぁあっ！　それ、だめ…えっ！」

内側から破裂しそうな快感に啜り泣いているうちに、肉体の奥の方からこれまでよりも大きな波が込み上げてくる。溶岩のように粘度の高いそれは、七瀬の何もかもを支配しようとしているようで、これまで感じたことのない感覚に恐怖さえ覚えた。

「はあっ、あっ、や、いやだ、こわ…いっ」

「大丈夫だ。気持ちのいいことは、今までさんざんしてきただろう？」

景彰の二本の指は、七瀬の中でバラバラに動き、濡れきった内壁を蹂躙している。粘膜をこね回されるたびに感じる快楽が、今にも限界を超えようとしていた。

「ああっ…、そんなっ…、あああっ…！」

皺《しわ》くちゃになったシーツの上で、七瀬の肢体がグン、と反り返る。何度目かの叶わない絶頂を予感した時、ふいに身体の中で何かが弾けたような感覚があった。

「――――あ！」

七瀬は一瞬瞳を見開き、その次に襲ってきた凄まじい愉悦にすぐにきつく瞳を閉じる。

「い、い…あっ、ああ――――！」

指先や、足の先までもが震える法悦《ほうえつ》。

ものすごい勢いで全身を駆け巡る歓喜に、七瀬はただ肉体を痙攣させることしかできなかった。

「あ…あ、あう、あっ…！」

初めて体験するドライオーガズムの波はなかなか引いてくれずに七瀬を苛む。余韻というには強烈すぎる痺れに恍惚となっていると、二人がまるで褒美のように交互に口づけてきた。

「ちゃんとできたじゃないか」

「どう？　初めてドライでイッた感想は」

自分の身体に何が起こったのか、いまだによくわからなかった。確かに激しい絶頂を感じたはずなのに、自分の股間のものはなお張りつめて透明な蜜を流している。

「も…、わかんなっ…！」

まだ挿入すらされていないのに、こんなに感じてしまってはこの先もたないだろうと思った。

けれど、そんな七瀬の心の内を察したように、漣が脚の間に深く割り込んでくる。今日は彼が先なのか、と思った時、いきり立った男根が性急に侵入してきた。

「んんっ！　ああ――――っ！」

待ち焦がれていた内壁がようやっと入ってきてくれたものに絡みつき、嬉しそうに締め上げて奥へと誘う。縛めを解かれた七瀬の性器はその瞬間に精を放ってしまって、白い蜜を引き締まった下腹にぶちまけた。

「入れられただけで、イッちゃった…？」

漣が息を荒《あら》らげながらも小刻みに奥を突き上げる。ただ入っているだけでも感じてしまう今の状態で、過敏になった内壁を擦り上げられて、もうどうしていいのかわからない。

何かに縋るように手を伸ばすと、景彰の手がそれを捉えて握り締めてくれた。乱れた髪をかき上げられ、ひっきりなしに喘ぐ唇に口づけられる。

「んっん…っ、ふう…んっ」

上と下の粘膜を同時に犯されて、七瀬は激しく狂わされた。夢中になって腰を振り、口腔を舐め上げてくる舌をしゃぶり返す。お返しのように景彰の指に乳首を摘まれ、喉の奥で甘い声を上げては内部の漣を締めつけた。

「…すごいよ…、七瀬」

感に堪《た》えない、といった声で漣が呟く。

「これじゃ僕たちの方が落とされたみたいじゃないか」

「今更だな」

二人の言葉が朦朧とした思考にひっかかってくるのだが、七瀬にはその意味がわからない。捕らえられ、散らされて、快楽を教え込まれたのはこちらの方だというのに。

それでも彼らは自分を必要だと言ってくれた。そのことが嬉しくて、どんなことでも受け入れてしまいたいという気持ちになってくる。

「ああっもっとっ…！　もっと、かきまわし、てっ…！」

奥まで突いて、満たして、自分の中で果ててほしい。

快楽とは違う熱いものが身体の中を埋め尽くして、七瀬は両腕で景彰を抱き締め、内側の敏感な柔肉で漣を揉み絞るように喰い締めた。

「くっ…！」

七瀬の中で激しく腰を使った漣は、やがてその収縮に耐え切れず、短くうめきながら思い切り吐精した。熱いもので奥を満たされる感覚に七瀬は悶え、いとも簡単に達する。

「はっ、は…ああっ…！」

絶頂との境目が曖昧になったこの身体は、媚薬のせいなのだろうか、ずるり、と男根が引き抜かれる際にまで激しく感じてしまう。肩を返され、うつ伏せの体勢で腰を高く上げられ、新たな挿入の予感に腰の奥が飽きもせずに疼いた。

そして漣と交代した景彰のものが、ずぶずぶと音を立てながら一気に這入ってくる。

「ああ、んんっ！」

犯される快感に、全身が細かく震えた。景彰は七瀬の感じるところを狙い、ゆっくりと何度も突き入れてくる。そのたびに深い快楽に侵され、泣きながら喘いで、肩につくほどに伸びた髪をパサパサと振り乱した。

「あっ…！　やあ、んっ…！　ああっ、気持ちいっ…！」

「俺もだ。すごく、吸いついてくる…。喰いちぎられそうだ」

「七瀬は、イくたびに敏感になるよね。身体中どこ触っても感じるみたいだ」

それまで犯される七瀬の様子を眺めて楽しんでいたらしい漣が、つと手を伸ばして尖りきった乳首に触れてきた。

「ふあ、ああっ！」

ビクン、と身体がわなないて、そこから電気が走るような快感に高い声を上げる。

「ああっやっ…！　ん、許してっ、そこっ…！」

「だめ。入れられながらここ弄られるのって、気持ちいいんだろ？」

これまで二人同時に抱かれることが多かったせいか、七瀬は挿入されながらの愛撫に特に弱くなってしまった。肉体の感じるところを一度に刺激されるという行為がたまらない。

「中が痙攣してるな。もう、軽くイッてるんじゃないのか？」

「あ、ひ…あっ、あっあっ！」

景彰の指摘通り、七瀬の腰の奥から熱い波がいくつも湧き上がっては全身に広がっていった。射精なしで極めることを身体が覚えたのか、先端をしとどに濡らしている性器は硬く勃起したままだ。

「余裕があったら、口でしてくれる？」

そんなもの、あるわけがない。

だが七瀬は、漣に軽く誘導されるままに、その口を開いて彼のものを咥え込む。後ろから突かれる動きを利用して唇で扱き、貧欲にしゃぶった。

「いい子だね…。すごく、上手だ」

「ふう、ん…ん、んんんっ…！」

口腔の粘膜を擦っていく男根にも、ひどく興奮してしまう。ぐちゅ、ぐちゅ、という音が上と下のどちらから響いているのかもう判別すらできなかった。

この媚薬を使われたときに味わう、身体中が性器になったような感覚。

「ん――――っ！　んんんっ！」

中の一番感じるところをぐりぐりと抉られて、一際大きな極みが七瀬を襲う。同時に股間のものから精が弾け、内腿とシーツを濡らしていった。どうやら今度は射精できたらしい。七瀬は朦朧とした思考の中でぼんやりと考えた。

やがて漣が口の中で射精し、七瀬は喉を鳴らしてそれを飲み下す。同時に果てたらしい景彰が体内からズルリと出ていって、力を失った身体ががくりと崩れそうになった。

「――――七瀬」

「あ、ん……？」

まだ肉の狂宴《きょうえん》は続くのだろうか。

媚薬はまだ効いているようだ。それでなくとも飢えたこの身体は、どこまでも彼らの求

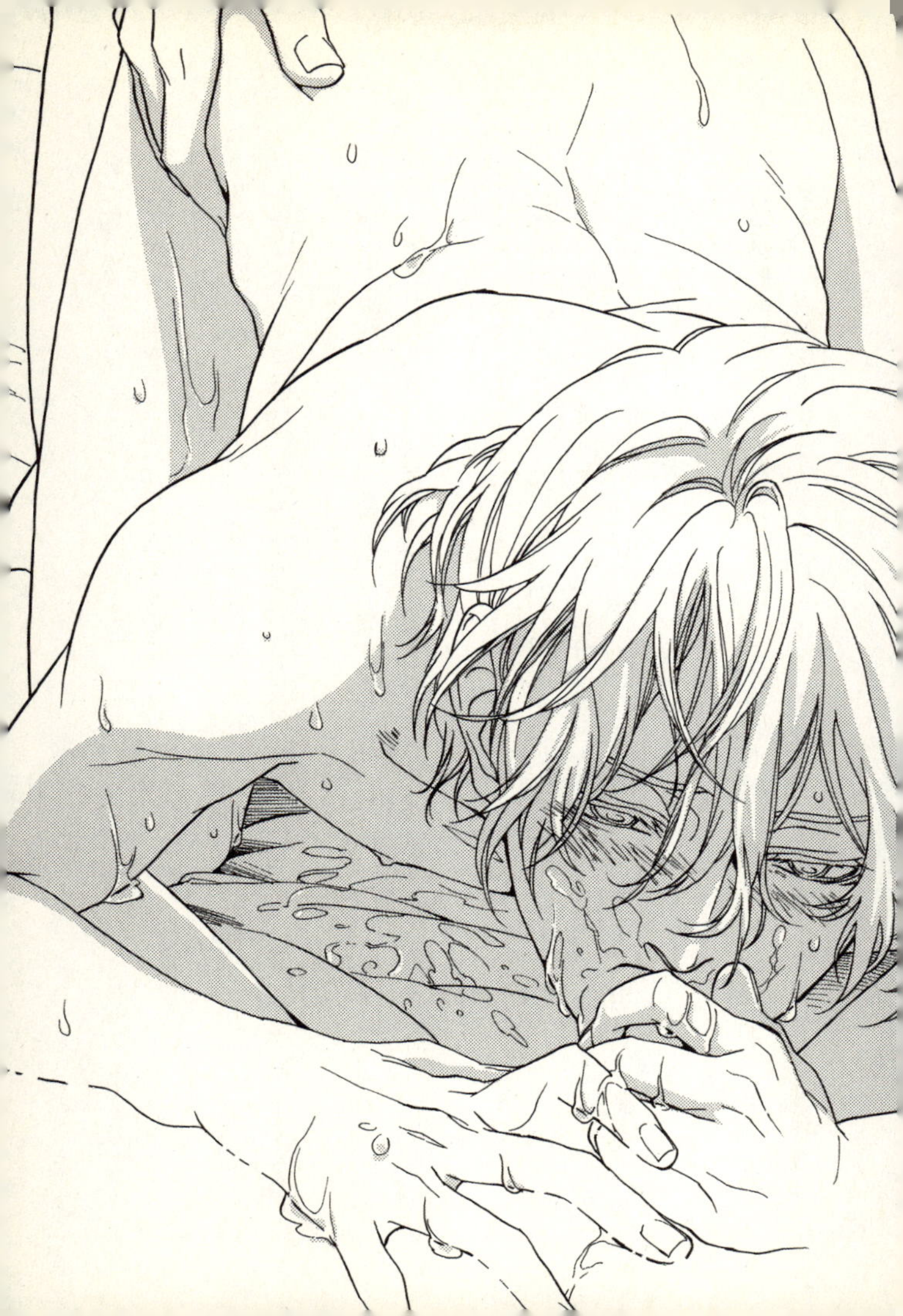

めに応じるだろう。

「これからお前を、本当に俺たちのものにする」

「……え……？」

景彰が何を言っているのかよくわからなかった。

自分はとっくに彼らのものになっているというのに、いったいこれ以上、何をしたらいいのだろう。

戸惑いを隠せない七瀬の身体を、景彰が反転させ、今度は前から抱き締められる。唇を優しく吸われ、大きな手で髪を撫でられた。

「いいな？」

「……ん……」

愛情のこもった仕草に恍惚と目を閉じ、七瀬は従順に頷いた。

いいだろう。何をされるとしても、自分は彼らを信用している。

景彰は仰向けに横たわると、七瀬に、自分の上に乗れ、と手で差し示した。騎乗位の体勢に誘導され、逞しい胴を両脚で跨ぐ。

「入れろ」

自分の股間の下でそそり立つものに手を添え、七瀬はゆっくりと腰を下ろしていった。

もうすっかり柔らかく蕩けた場所に、さっきまで咥え込んでいたものを再び挿入する。

「あ、あ…っ、もう、こんな…にっ」

七瀬の内壁に包まれた景彰のそれは、あっという間に硬く張りつめて容赦なく貫いてくる。過敏な媚肉を擦られるのがたまらなくて、七瀬はぶるぶると内股を震わせた。

「……よしよし、ちゃんと奥まで入れたな」

わななく七瀬を宥めるように、景彰が両手で双丘を揉みしだいてくる。

「あ、あ…あっ！　だ、だめっ…！」

そうされると中の脆い部分が彼の凶器の先端に当たって、痺れてしまって仕方ないのだ。

「こうするとお前の中がうねって、絡みついてくる。気持ちいいか？」

「あ、んんっ、あっ！　き、気持ち、い…っ！」

内壁が熱くて、蕩けそうで、七瀬はもっともっととねだるように小刻みに腰を動かす。尻を摑んでいる景彰にも、後ろで見ているであろう漣にも、自分のそんないやらしい様子は見て取れるだろう。

恥ずかしい。だが、自分の意思で止めることもできない。

「こんなグチョグチョになってたら、大丈夫っぽいね」

背後で漣が何か言っている。大丈夫とは、何が？

「え、あ――あっ？」

漣が後ろからぴたりと身体を添わせ、景彰と同じように七瀬の腰に触れてくる。その指が、景彰のものを含んでいる入り口をそっと撫でていった。

「あ、なに…っ、あっ⁉」

まさか。

信じられない予感に、七瀬は思わず背後を振り返った。

「僕も、ここに入れさせてもらうよ」

すでに塞がっている入り口に先端が押し当てられ、ググッ、と圧力がかかる。

「あ、ま、待って…！　そんな、無理だっ…！」

こんな場所に二人を同時に受け入れるなんて、まさかそんなこと、できるわけがない。

七瀬が思わず抵抗すると、前後からの指に身体の弱い部分を優しく撫で上げられ、力が抜けてしまう。

「や、やあ…、あん、やめっ…！」

「心配するな。お前を傷つけたりはしない」

景彰が七瀬の動揺を静めるように、上体を起こして柔らかく口づけてくれた。その優しい仕草に、七瀬は少し前に自分が店で言ったことを思い出す。

そうだ。どんな要求も受け入れると決めたのだ。彼らが自分に望むことなら、すべて。

「あ…あっ、おねが…、優しく、して…っ」

「もちろん。こんな可愛い七瀬に、ひどいことなんかするはずないよ」

力抜いて、と囁かれ、七瀬は必死で漣の言葉に従った。はあ、はあ、と口で息をしていると、その部分にこれまで感じたことのないような衝撃が襲いかかる。

「ひ、あ――――！」

二本目の男根が捻じ込まれる感覚に、七瀬は悲鳴を上げる。

媚薬のせいか、それとも自分の肉体が限りなく淫らになったからなのか。もしかしたらその両方かもしれないが、七瀬は苦痛を覚えなかった。

だがその代わり、怖いくらいの愉悦が腰から全身へと広がっていき、漣がすっかり収まってしまうまでに二度も達してしまっていた。

「あぁあっ！　あ、あ――――あううっ！」

「ほら、入っちゃったよ――――。痛くないよね？」

その声に、七瀬は涙に濡れた瞳を開く。今、苦しいほどの存在感で自分の中にいるのは、確かに彼らだった。二人分の脈動が同時に伝わってくる感覚に、七瀬は自分が激しく興奮していることを悟る。

「あ、は、入って…るっ」

「入れてる間に二度もイクなんてな。そんなに気持ちよかったのか？」

景彰の指に濡れた屹立を撫で上げられる。それだけで追いつめられた七瀬は、二人を締めつけながらほっそりした喉を反らせた。

「ふああ…んっ！」

「うわ、ちょっと…、ヤバイって」

背後で漣が焦ったような声を上げている。だが、その響きはどこか楽しそうだ。汗に濡れた髪が絡みつく首筋や肩に啄むようにキスをされて、その感触にすらビクついてしまう。

「そろそろ…、本格的に七瀬を愛しちゃうよ」

「ああ、あっ、こわ…い」

「大丈夫だ。お前は安心してよがっていればいい」

前と後ろから七瀬を挟んだ男たちが、いっぱいに広げられた内壁の中で同時に動きだした。

「あ、んぁあっ！　――――っっ!!」

その途端、凄まじいほどの快感が突き上げてくる。頭の中が真っ白に染まり、恐怖さえも吹き飛んで、七瀬は立て続けの極みへと連れていかれた。

「ひ、あ、ぁぁああっ…！」

これまでもさんざん感じさせられてきたのに、これ以上乱れたら本当にどうにかなってしまう。二人が共に入っている場所からは耳を覆いたくなるほどの卑猥な音が聞こえ、前後から感じる彼らの息遣いも七瀬の官能を煽っていった。

「だ、ああ、めっ…、も、死んじゃ…っ！」

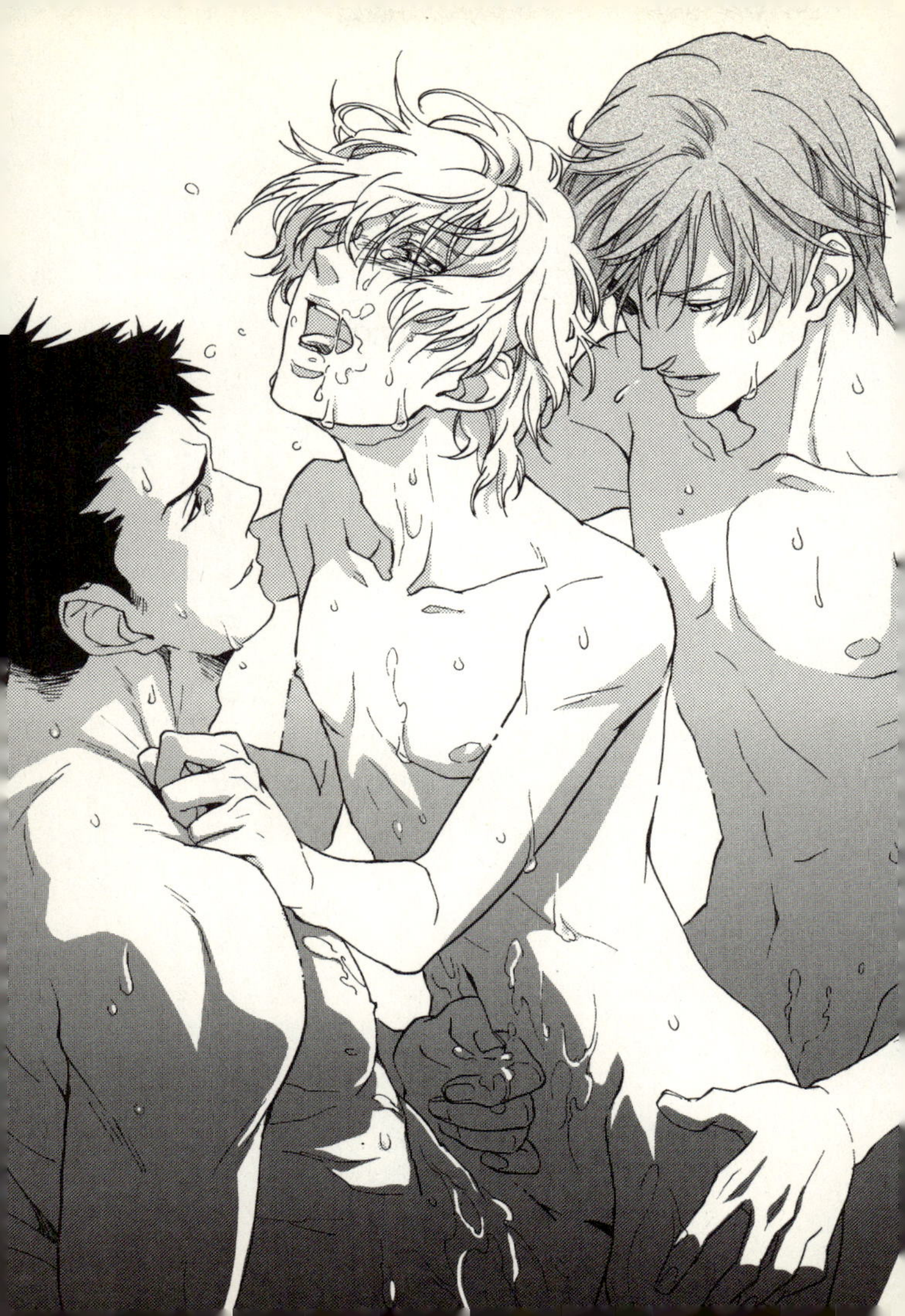

びくびくっ、と全身がわななないて、また何度目かの絶頂に達する。七瀬は身体中で快感を噛み締めた後、また新たな波が込み上げてくるのに喘いだ。

「ふあ、あはあっ…！　な、中で、そんな、暴れっ…！」

七瀬は自分から淫らに腰を揺らしながら、感じる粘膜すべてを擦られ、抉られることに夢中になっていった。

狂ったような交合は何度も続き、もうどちらに抱かれているのか、どこからが自分の身体なのかも判別できなくなる。

これが、ひとつになるということなのだろうか。

七瀬にはよくわからなかったが、不思議な解放感と充足感が胸を満たし、自然と涙が溢れてくるのを感じた。快楽の涙とはまた違う、どこか温かい感じ。

「身体も心も、俺たちが甘やかしてやるよ」

「その代わり、もう絶対に放してあげないからね」

睦言《むつごと》を耳に注ぎ込まれ、七瀬はその瞬間、手に入れたのだ、と思った。

「回復も早くてよかった」

母親の美佐子の心臓の手術は無事成功し、集中治療室から一般病棟へと戻ってきた。希望するなら個室に入ってもいい、と七瀬は提案したのだが、こういうときは人といる方がいいと母が言ったので、元の四人部屋に入ることにした。

「またあんたの顔が見られて儲けものね。どう、ちゃんとやってるの？」

「心配ない。悪くないよ」

七瀬はあれから、彼らと暮らしている。

母と住んでいた古いマンションは今は無人で、先日掃除をしに行ってきた。自分が出ていってしまったので、いずれ母はあそこで一人で生活するようになる。その時に不自由がないようにと、七瀬は生活に必要なものを買い揃えて置いてきたのだ。

二人のもとで働くにあたり、七瀬には月給が支払われることになった。以前振り込んでもらった大金があるのでいらないと断ったのだが、それとこれとは別だと言い張られ、頑《がん》として受けつけてもらえなかったのだ。

結局七瀬が折れた形で以前振り込まれた金もありがたく使わせてもらうことになったが、

せめて今後、彼らの公私共に役に立つことで返せればと思う。

今現在どんな仕事をしているかは、母には言っていない。嘘をつくのは心苦しいが、余計な心配をさせないための気遣いも必要だと、景彰に諭《さと》された。

「前の仕事やめる時はずいぶんストレスためてたみたいだからね。今はなんだか幸せそうで、母さん安心だわ」

「……そうかな？　幸せそうに見える？」

「恋でもしてるみたい」

急にそんなことを言われて持っていた紙コップのコーヒーを噴き出しそうになる。

「冗談よ」

まだ抜鈎《ばっこう》も済んでいないというのに、そんな軽口を叩けるほど、母の状態は回復していた。当初七瀬は、しばらくの間つきっきりで看病しようと考えていた。だが美佐子の方が別に来ることはないとつっぱねて、結局、七瀬が一日中母親の側にいたのは、大部屋に帰ってきた日の一日のみだった。

おそらく子離れしようと思っているのだろうが、七瀬は女手ひとつで育ててくれた母にはできる限りのことをしてやりたかった。

「ねえ、そういえば六郎《ろくろう》さんのところ、急に引っ越しちゃったみたいなんだけど、あなた何か知ってる？」

突然問いかけられた内容に、七瀬は心なしかどきりとする。

六郎はあの後、破門され、その界隈《かいわい》にいられなくなり、夜逃げ同然で姿を消したと二人から聞かされた。だがその理由も、母の耳には入れられないだろう。

「さあ……、知らない」

「何かしらねえ、挨拶《あいさつ》もしないで……。まあ、ああいう人だからね。何かヘマでもして、このへんにいられなくなっちゃったのかもね」

亡くなった父の弟なので一応繋がりは絶っていなかったが、母も六郎のことはあまりよく思っていなかったのだろう。さほど興味のなさそうな口調だったが、核心に近いような内容に、七瀬は内心でひやひやしていた。

「さて……と、そろそろ行くよ」

「そう？　またね」

そろそろ安静の時間だ。七瀬は美佐子のベッドを倒し、洗濯物を片づけてからコートを手に取る。

「じゃ、また」

「気をつけてね」

相部屋の患者に軽く頭を下げつつ、七瀬は病室を後にした。外に出ると、灰色の空から粉雪が舞ってくるのが見える。少し身震いして軽く肩を震わせながら、コートの襟をかき合わせて歩きだした。

駐車場は人の姿がほとんど見えなかった。その中の一台にゆっくりと近づいていくと、両側からドアが開いて、二人の男が七瀬を迎える。

「おかえり、七瀬」

「冷えるぞ。早く乗れ」

七瀬は微笑み、軽く頷いて車の後部座席に乗り込んだ。左右のドアから漣と景彰が入ってきて、七瀬を挟んで座る。どちらともなく肩を抱かれ、最初に景彰と、次に漣とキスを交わした。

「出してくれ」

普段は自分で車を運転することの多い彼らだったが、今日は運転手がいた。他人がいる場所でのキスは恥ずかしかったが、七瀬はどんな要求も受け入れると決めたのだ。

それに、彼らの部下はそういった場面に居合わせても、必ず、まるでその場にいないように黙殺してくれる。行為自体が嫌なわけではないので、七瀬は自然にそういった状況に慣れつつあった。

それがいいことなのかどうかは、よくわからないが。

「おふくろさんは元気だったか？」

「ああ、回復も早いみたいだ」

「なら、よかったね」

車はゆっくりと動きだし、車道へと乗り入れる。今日はこれから商談に向かうらしい。そんなときは箔をつけるために高級車を使うのだと、前に景彰が言っていた。

もちろん、七瀬はそこで娼婦として客の相手をするわけではない。自分は今、彼らと恋人状態にあるが、財務関係の手伝いもしていた。金の動きを見せるなど、相当に信頼を寄せていないとできないことだろう。元税理士だからという理由もあるだろうが、七瀬はそれだけで、彼らの自分に対する気持ちがどれほど深いものかを、感じることができた。

組織の本当のデータベースが入った端末のある部屋に招き入れられた時も、これでもう普通の世界には戻れないだろうとあらためて覚悟した。

それでも、七瀬は後悔してはいない。すべて自分で考え、決めたことなのだ。

——彼らを二人同時に愛するということも。

母親には決して見せられない別の顔ができてしまったが、それでもいい。

自分たち親子は、常に互いに負担をかけまいとして気を張って生きてきたような気がする。

だがもうそろそろ、肩の荷を下ろしてもいい頃だろう。

七瀬にとって、そのきっかけを与えてくれたのが、あのエンジェルヒートという淫らな薬だったのかもしれない。

彼らがあの媚薬を七瀬に使うことはほとんどない。丁寧に拓かれた身体は薬の力に頼らずとも深い歓びを得ることができる。それに、理性が吹き飛んでしまうような快楽もいいが、最近は互いをゆっくり確かめ合うようなセックスも教えられ、そちらの充足感も捨てがたい。

「ところで、来月の七瀬の誕生日はどうする?」

「え? ……ああ、忘れてたな」

ふいに漣に聞かれて七瀬がそう返すと、景彰が苦笑するようにたしなめた。

「まだ誕生日を忘れるほどの年じゃないだろう」

「そう言われてもな。あまり特別なことはしてこなかったんだ」

子供の頃はささやかな祝いで母親がケーキくらいは買ってくれたが、成人してからは自分から固辞《こじ》してしまった。

「寒いからな。どこか暖かい国にでも行くか? それとも、寒い時は寒いところに行くのがいいのか」

「……ハワイとか北極とか、そういう話か?」

セレブ生活などというものには縁のなかった七瀬には、そういったわかりやすいイメージしか湧いてこない。笑われるかとも思ったが、どうやら二人とも真剣に七瀬がどうしたいのかを探っているようだった。

「七瀬が行きたいなら、そういうところでもいいけど」

とはいっても、そんなことを急に聞かれても困ってしまう。少し考えた末、極めて抽象的な希望が口から出た。

「……綺麗な景色が見たいな」

燃え上がるような夕陽や紺碧《こんぺき》の海、星が降ってきそうなほどの夜空は、彼らと見られたら、どんなふうに目に映るのだろうか。

「綺麗な景色、か」

「いいね。こういう世界にいつもいると、心がすさむからなあ」

「お前が言うか」

兄弟の軽口に、七瀬はそっと微笑んだ。

別に自分はどこでも構いはしないのだ。彼らが自分のことを思って連れ出してくれた場所なら、きっとどこでも楽しいだろう。

「わかった。とびっきりの場所を選んでおく、楽しみにしておけ」

「期待してる」

七瀬は車のシートに身を沈めて、小さく笑った。

どんな世界にいようと、構わない。

そこで生きていく覚悟と大切な存在があれば、そこもまた素晴らしい都となる。

車は市街地に差しかかった。夕闇の中に灯っていくネオンサインに目を向けた後、七瀬は自分の隣にいる二人の男の横顔をそっと見つめた。

あとがき

こんにちは。またははじめまして。西野花《にしのはな》と申します。花丸文庫さんのBLACKの方では初めて本を出していただきます。「エンジェルヒート」を読んでくださってありがとうございました。

今回担当さんの方から、「このレーベルだったら好きなようにエロ書いていいですよ」と言われたので「じゃ三人で仲よくするのがいいです」と即答いたしました。

もともとが受一人に攻数人という複数プレイが好きなので、(もちろん愛はあった方がいいんですが) いつも「オンリーワンカプを意識して!」と言われていた私にはBLACKは神のようです。そして初稿の段階では七瀬の一人エッチとラストの二本差しはなかったのですが、後から付け足しました。攻が二人いるとエロシーンが長くなって困ります。おかげでこの本はどこを開いてもエッチな場面に。いや、でも、私は求められている仕事をしたと思っていいんですよね？「もう西野さんのことは止めない方がいいのかもしれない……」という担当さんの呟きが耳に残っています。

そして今回は、デビュー作の『鎮守《ちんじゅ》の杜《もり》の虜囚《りょしゅう》』で挿絵を描いていただきました鵺《ぬえ》先生に再び絵を頂くことになりました。

鵺先生とは今年の白泉社さんの懇親パーティーで初めてお会いしまして、ご挨拶をさせていただいた時に、「あの、嫌じゃなかったらまた描いてください」と直球な台詞《せりふ》をぶつけてしまったんですが、鵺先生は快く「いいですよ」と仰《おっしゃ》ってくださいました。（というふうに私には見えた）しかしそれをいいことに、「鵺先生がいいって言ってました！」と担当さんに即捻じ込むのはどうなのか。社交辞令という言葉をよくわかっていない私です。キャララフがそろそろ上がってくるはず……と聞いて、楽しみすぎて仕方ありません。

次のお話はもう書き上がっているのですが、その次の花丸文庫さんのお仕事もBLACKらしいので、モヤモヤと頭の中で妄想を始めています。もともと妄想過多気味だったところにこういったお仕事を始めさせていただいたせいで、生活の九割くらいが妄想になっているような気がします。いや、いいんです。それで幸せです。こんな私を拾ってくださった担当さんには感謝をしています。でもあとがき三ページはちょっとつらいです。原稿書くよりあとがき書くのに

花丸天国

白泉社花丸文庫
そのほかの
花丸関係出版物の
インフォメーション

2008年11月

四苦八苦しています。

では苦し紛れにうちの猫の話でも。

うちの猫はアビシニアンの雄《オス》です。私はアビの容姿が好きで、（あのシュッとした身体のラインとか大きな耳とか目とか）とにかく好きでそれだけでお迎えしてしまったんですが、うちの猫はなんか丸い……。そして私がパソコンに向かっているとよく側に座って、「またエロ原稿書いてんのか」とでも言いたげな目で見つめています。はいその通りです。

そんな感じで、次の本でもお会いできましたら嬉しいです。

http://park11.wakwak.com/~dream/c-yuk/index3.htm

西野　花

作家・イラストレーターの先生方へのファンレター・感想・ご意見などは
〒101-0063東京都千代田区神田淡路町2-2-2
白泉社花丸編集部気付でお送り下さい。
編集部へのご意見・ご希望などもお待ちしております。
白泉社のホームページはhttp://www.hakusensha.co.jpです。

花丸文庫 BLACK

エンジェルヒート

2008年11月25日　初版発行

著　者　西野 花 ©Hana Nishino 2008

発行人　藤平 光

発行所　株式会社白泉社
〒101-0063 東京都千代田区神田淡路町2-2-2
電話 03(3526)8070［編集］　電話 03(3526)8010［販売］

印刷・製本　株式会社廣済堂
Printed in Japan　HAKUSENSHA
ISBN978-4-592-85038-0

定価はカバーに表示してあります。

●この作品はフィクションです。
実在の人物・団体・事件などにはいっさい関係ありません。

●造本には十分注意しておりますが、
落丁・乱丁(本のページの抜け落ちや順序の間違い)の場合はお取り替え致します。
購入された書店名を明記して「制作課」あてにお送り下さい。
送料小社負担にてお取り替え致します。
但し、古書店で購入したものについてはお取り替え出来ません。

好評発売中　花丸文庫

★贖罪は、情熱的で淫らな情事――。

待ちて千夜の恋を抱く

西野 花　イラスト＝南国ばなな　●文庫判

上に立つ者として育てられた加賀と、人間関係に不器用な九条。大学時代、加賀が告白するまで、二人は親友同士だった。その後、九条の不倫を知った加賀は裏切られた思いで、獰猛に彼の体を奪う！

★「義父」と、二人きりの親睦生活♥

再婚相手をぶっとばせ!!

森本あき　イラスト＝橋本あおい　●文庫判

母親の再婚相手で容姿端麗・無職の白虎と、二人きりでお試し同居することになった水仙。初めは拒否感120％だったが、料理の腕前や人生観を知るにつれ、彼に好意しか抱けなくなってしまい…!?

ユメをカタチに。

花丸新人賞作品募集

小説部門

✿上位作品は必ず雑誌掲載または刊行！

✿全作品の批評コメントを小説花丸に掲載！

✿新鮮度優先の「特別賞」つき！

賞金	
入選	30万円
佳作	15万円
選外佳作	5万円
奨励賞	3万円
ベスト7賞	7千円
特別賞	1万円

（ジャンル・テーマやキャラクターなどに、新鮮な魅力があった作品に差し上げます）

◇応募方法 他◇

●未発表のオリジナル小説作品。同人誌・個人ホームページ発表作品も可。他誌で賞を取った作品は応募できません。テーマ、ジャンルは問いませんが、パロディは不可。読者対象は10～20代の女性を想定してください。●原則としてワープロ原稿でお願いします。枚数はB5またはA４の用紙（感熱紙はコピーをとってコピーの方をお送りください。）に20字×26行を1段として、24段以上無制限。印字はタテ打ちで字間・行間は読みやすく（字間よりも行間のほうを広く取ってください）1枚の紙には3段までとし、20字×２０００行以上の小説には４００字程度のあらすじをつけてください。●原稿のオモテ面のどこかに通し番号（ノンブル）をつけて、ひもやダブルクリップなどで綴じておいてください。●簡単な批評・コメントをお送りします。希望の方は80円切手を貼って自分の住所・氏名をオモテ面に書いた封筒（長4～長3サイズのもの）を同封しておいてください。

◇重要な注意事項◇

整理の都合上、1人で複数の作品応募の場合は1つの封筒に1作品のみを入れてください。また、過去に花丸新人賞に投稿した作品のリメイク（書き直し）及び続編作品はご遠慮ください（なるべく新作を）。他誌の新人賞に投稿した作品は、必ず審査結果が判明した後に応募してください。1つの作品を同時期に募集している2つ以上の新人賞に投稿するのは絶対にやめてください（事情によっては入賞を取り消すこともあります）。ご記入いただいたあなたの個人情報は、この企画以外には使用いたしません。●あて先／〒１０１－００６３東京都千代田区神田淡路町2-2-2　白泉社　花丸新人賞係（封筒のオモテに「小説部門」と赤字で明記してください）●しめきり／年4回●審査員／細田均小説花丸編集長以下花丸編集部●成績発表／小説花丸誌上●応募要項／作品タイトル・ペンネーム（フリガナ）・本名（フリガナ）・年齢・郵便番号・住所（フリガナ）・電話番号・学校名または勤務先・eメールアドレス・他誌投稿経験の有無（ある場合は雑誌名・時期・最近または最高の成績）・批評の要・不要及び編集部への希望・質問を原稿の第1ページ目のウラに書いてください。●受賞作品はその際は規定の原稿料・印税をお支払いします。また、受賞者白泉社の雑誌・単行本などで掲載・出版することがあります。への賞金は結果発表号の発売日から1か月以内にお支払いする予定です。●イラスト部門もあります。最新の情報は小説花丸、白泉社Web内の「ネットで花丸」をご覧ください。